A Day without Lying

A Day without Lying

Viktoria Tokareva

A Glossed Edition for
Intermediate-Level Students of Russian
with Vocabulary, Exercises, and
Commentaries by William J. Comer

Bloomington, Indiana, 2008

SLAVICA

The text Viktoria Tokarjeva *Den' bez vran'ia* © Diogenes Verlag AG Zürich is reproduced with permission of the Diogenes Verlag.

ISBN: 978-089357-346-1

Cover photographs from Edith Clowes, *Ogonek* (1963–65), and SovFoto.

Library of Congress Cataloging-in-Publication Data

Tokareva, Viktoriia.
  [Den' bez vran'ia]
  A day without lying : a glossed edition for intermediate-level students of Russian / Viktoria Tokareva ; with vocabulary, exercises, and commentary by William J. Comer.
      p. cm.
  Russian text, with introductions, commentaries etc. in English.
  ISBN 978-0-89357-346-1
  1. Tokareva, Viktoriia. Den' bez vran'ia. 2. Russian language--Readers. 3. Russian language--Composition and exercises. 4. Russian language—Rhetoric--Problems, exercises, etc. 5. Russian language--Vocabulary--Study and teaching. 6. Russian language--Study and teaching--Foreign speakers. 7. Russian language--Textbooks for foreign speakers--English. I. Comer, William J., 1963- II. Title.
  PG3489.O414D46 2008
  891.73'44--dc22

                                                                     2008054132

Slavica Publishers
Indiana University
2611 E. 10th St.
Bloomington, IN 47408-2603
USA

[Tel.] 1-812-856-4186
[Toll-free] 1-877-SLAVICA
[Fax] 1-812-856-4187
[Email] slavica@indiana.edu
[www] http://www.slavica.com/

Contents

Acknowledgments

I would like to thank several colleagues for their assistance with this project: Lynne deBenedette for her suggestions about the text and its presentation; Lioubov Guinzbourg who wrote the paraphrases for the ***Повторяем*** sections, suggested English equivalents for many glosses, and made an audio-recording Tokareva's text; and Olena Chervonik-Bearden who proof-read the final version of the text. I thank Ianina Grigortchouk for her comments on the preparation of the text and exercises, which she bravely used with two groups of second-year Russian students at the University of Kansas in the 2004 and 2005 academic years. Many thanks are due to Janice Pilch (University of Illinois, Urbana-Champaign) who helped me to track down the copyright information about the text.

To the Teacher

Methodological Considerations

Since the year 2000 researchers in the more commonly taught languages have paid increased attention to reading and how to teach learners the active skills needed to read texts in the foreign language. This renewed focus on reading grows out of very different methodological considerations and pedagogical practices than the treatment of reading in previous language teaching methods (especially, the "Grammar-Translation" method). Much of the new work on reading (Swaffar, Arens, Byrnes 1991; Kern 2000; Maxim 2002; Keefe 2004; Bamford and Day 2004) centers on teaching students to read by having them learn "content" *and* language through reading. Written texts become the locus for having students integrate skills (reading, speaking, writing, mapping target language forms to meaning) and cultural knowledge. This integrated approach is task-based, and it privileges reading in a way fundamentally different than previous approaches that, while giving prominence to written texts, simultaneously isolated reading from other foreign language (FL) activities and frequently subverted reading since students were made to translate texts rather than read and discuss them.

The majority of elementary- and intermediate-level Russian language textbooks published in the U.S. since the 1990s include reading activities based on authentic and semi-authentic texts (e.g., notices, advertisements, newspaper stories, biographical sketches, personal letters and messages). Thus, by the middle or end of the intermediate level, students of Russian have usually encountered a variety of texts and have learned how to read such texts for their informational content. Better textbooks actively teach reading strategies for finding and extracting factual information from texts. Yet even students who succeed in reading these kinds of texts for informational purposes can be frustrated by their first encounter with a longer literary text in Russian.

Reasons for this frustration are many: some can be traced to the complex features that mark Russian literary writing (e.g., participial constructions, complex subordinating conjunctions, etc.); others stem from the broader nature of connections that the reader needs to make to "understand" a literary text. Furthermore, in literary texts the intermediate-level learner encounters a flood of unfamiliar words all of which, depending on the author and text, can be essential to a nuanced understanding of a text's meaning(s), imagery, implications and intertextual references.

To compensate for the difficulties that authentic texts present to intermediate-level learners, editors of previous textbooks and readers have often restricted the post-reading tasks to having students find answers to the most basic questions: *who? what? when? where? why?* While these questions can capture the basic "facts" of a text, they effectively limit the student's reading of the literary text, and often distract attention from those features of the text that make it literary, and therefore worthy of study, interpretation and reflection.

All of these considerations motivated me to look for a literary text that would be engaging and open to interpretation, yet be accessible to students at this level and have manageable linguistic features. These considerations also guided me in determining how vocabulary is glossed in the text, where notes are given, and how tasks are sequenced to ascertain the students' comprehension of the story, to encourage them to notice cultural and literary aspects of the text, and to push them to notice how certain kinds of linguistic forms are used to express meaning.

Why This Story?

First of all, the main conceit of Tokareva's story (living a day without lying) is one easily accessible to students. They already have schemata for reading a story with this plot device (i.e., they know or can easily imagine what kinds of difficulties befall someone who fails to follow certain accepted social practices involving "little white lies"). Furthermore, the other dilemma facing the story's hero (what to do with his life now that he has completed his higher education) is one that looms before many college and university students.

Second, Tokareva's story introduces the reader to Russian urban life in the mid-1960s, at the very start of the Brezhnev era. Many aspects of everyday life found in the story figure in other literary texts and films from the period of "Stagnation."

Third, Tokareva's prose is linguistically very accessible to students at the intermediate level. Since most of the story is told in the form of dialog or internal monolog, the language of the text reflects the contemporary conversational Russian that is featured in virtually all elementary-level textbooks of Russian. Since the author eschews lengthy description, the story contains few bookish linguistic forms—there are virtually no participles and few verbal adverbs. The sentence structure and word order are not overly complex.

Intended Outcomes

In selecting this story for a glossed and annotated edition, I have been motivated by the desire to guide students who have completed approximately
150–200 hours of college-level language instruction through their first
encounter with a longer connected piece of Russian fiction. The length of the
text (approximately 6,700 words) gives students the opportunity to develop
strategies for extensive reading. It gives them increased exposure to repeated
incidental vocabulary that is typical of narrative writing; this exposure should
help them in subsequent reading and in their language learning in general. This
reading introduces them to the ways that longer texts are organized, how
authors mark sections or episodes in a text, and how authors rely on readers to
make connections between episodes. A longer text also makes readers enter
into the world of the character, since they see how the character develops and
unfolds over the course of the story.

Successfully completing an unadapted story of twenty-five pages at this
stage of language learning can be a great confidence builder for students,
showing them that they actually **can** read Russian. I have no expectation that
students will "get every word," but those who read a story of this length in their
second, third or fourth semester of language study—even if they comprehend
only sixty percent of the text—should rightfully feel a great sense of
accomplishment. Studies of extensive reading suggest that the only way people
become better readers in their first or second language is through more reading.

Reading Aids in This Edition

Students face two related difficulties when reading unadapted texts at this level.
First, they often fail to recognize a well-known word when it appears in an
unfamiliar form. How many intermediate level students who know the expression "Как тебя *зовут?*" can immediately see the related form in the sentence "Он *позвал* нас на обед"? Second, students at this level have limited
vocabularies, and any literary text will contain a large amount of completely
unknown vocabulary. I have addressed these difficulties by extensively glossing
words and phrases in the text on the facing pages. Facing-page glosses allow the
students quick reference to a word or phrase without distracting them
excessively from the text. Students who want to try a first reading of the text
without any "crutches" can always fold back the facing pages to view the
Russian text alone. Similarly, when students want to review a section that has
been thoroughly discussed in class, they can turn back the facing-page glosses

and read to see if they can remember the meanings of words and phrases in the text.

For most intermediate-level students, these facing-page glosses should keep this first encounter with Russian prose from turning into a tedious and unending encounter with a Russian-English dictionary. The facing-page glosses should give students enough help that they can actually read the text with some speed and pleasure.

In the glosses I have given contextual meanings of words and phrases, although I sometimes also list the word's literal meaning, if the form in the text represents a more specialized usage. I have noted dictionary forms when the word is very common, but is nevertheless likely to be on the periphery of the student's vocabulary at this level. Dictionary forms are also given when they may reveal other related forms of the word (e.g., students often need help in linking forms like искáли – и́щут – ищи́ to the same infinitive искáть).

In addition to those immediate contextual glosses, all the words used in the story are listed, parsed, and translated in the glossary provided at the end of this volume. With the facing-page glosses and this glossary, students should be able to find the meaning of any word and be able to use and modify words from the story in discussing the text and thereby add them to their active vocabulary.

To ease the transition from reading the story to saying words and phrases from the story when discussing the text in Russian, I have placed stress marks on all of the Russian words in the text and exercises. The complete text of the story is also available in digital audio format recorded by a Russian native speaker on the book's website (http://www2.ku.edu/~russian/dbv/). Listening to the recording while reading a section of the text for a second or third time may help students notice word and phrase clusters, nuances, and ironic twists to the character's comments.

Using this Story in the Classroom

As teachers, we often think of reading (including L2 reading) as a solitary activity that should take place outside of class. Yet, there are distinct disadvantages to this practice, especially for students with the lowest levels of language proficiency. Assigning all reading as homework keeps the teacher from realizing how the students read, when they reach for a dictionary, where they encounter problems with comprehension and how fast they read. Tokareva's story breaks easily into 6 or 7 episodes so that the students can read a chunk at a time, confirming their understanding of the story along the way. The teacher may want to take a few sections of the text and have students read them silently in class. During an in-class reading, the teacher can decide whether to allow students access to the facing page glosses or to the text's glossary. The teacher might also ask the students to read a specific part of the text in a set time with the goal of making the students aware of their reading speed.

For establishing the basic frame of the story, I strongly recommend that teachers have the students read the first page of the text in class. For the first encounter with the opening page of the story, the teacher might give students a five-minute time limit to read the first pages. Following a discussion of its basic propositional content, the students can do a more detailed second reading at home, completing the related exercises so that there can be a fuller discussion during the following class session.

The exercises accompanying each section of the story are located in the second half of this volume, and they follow the same general structure.

Вопро́сы к те́ксту – The questions and exercises in this section serve as an initial comprehension check of the story line covered in the section. Since these questions can help students activate background schemata, they can also serve as a pre-reading activity. Thus students should be encouraged to read these questions before reading the related episode of the story. For some parts of the text, the questions and exercises in this section ask readers to skim and scan for information as they work through the text for the first time.

Слова́, слова́, слова́ – These exercises expand students' vocabulary by having them attend to basic principles of Russian word formation and the recognition of cognates.

Понима́ем и обсужда́ем текст – This section includes questions and tasks that lead students to a more detailed level of text comprehension; they also ask the students to think through the text for clues about the characters, their relations and situations.

О языке́ и культу́ре – This section contains notes and tasks relating to some of the many cultural references in the story.

О грамма́тике в те́ксте – This optional section is included for several parts of the story. The goal of this material is to focus the readers' attention on the connections between a certain grammatical form and the meaning it expresses, particularly where the form-meaning connection can add to the readers' understanding of the characters and the story.

Повторя́ем – As the capstone activity for each section of the text, these cloze passages allow the students to review the text once more by filling in blanks in a summary paraphrase. Approximately every tenth word has been blanked out. Although these cloze passages have a complete word bank for students, teachers may want to encourage students to use ANY logical word that fits the context and not just one that is listed in the bank. Since the cloze passages summarize the main events for each part of the story in conversational language, the completed paraphrases can serve as a model to students of how to re-tell the story in Russian. Complete answer keys to these cloze activities can be found in the teacher's resource section of the book's companion website. For students, hints to completing these activities will be available on the website as well.

While the questions and instructions for tasks for many parts of the story are given in English, students should be able to answer many of these questions in Russian, especially if they have had the opportunity to prepare the material at home. Before initiating a whole-group discussion, it may make sense to have the students first compare their answers in pairs or small groups. Such comparison activities can often break the icy silence at the start of class. When the homework activities call for summarizing details from the story in a matrix, the teacher might start class by having the students complete the matrix on the blackboard using words and phrases from the text. Alternatively, the students might type out their matrices at home, email them to the teacher, who can then show information from student answers to the whole group and thus motivate discussion or further group work on the question.

To extend classroom discussions or to help the students visualize aspects of the text, the teacher may want to use stills or clips from various Russian movies. The incident with the контролёр in section 2 and the narrator's reference to Smoktunovskii, for example, might be illustrated with a clip from *Берегись автомобиля!* (directed by E. Ryazanov, 1966) or contrasted with the tram scene in the film *Брат* (directed by A. Balabanov, 1997) where a passenger refuses to pay his fine. The episode of Valentin teaching class might be successfully illustrated or contrasted with a short episode from the Russian comic TV series *Ералаш!* that deals with life in a Russian school.

As part of the classroom comprehension activities for each part of the story, the teacher might also ask the students to make a drawing of a particular scene. Since Tokareva's text describes various scenes of daily life in detail, such illustrations of the story might help other students comprehend the text. Variations in the students illustrations may also alert the teacher to aspects of the story line that have not been understood or noticed. There are also scenes in the text where the teacher might engage the students in imagining how to stage the episode as a play (what props would be needed? what would the set design look like? what actors would be needed? what emotions do the actors need to project in the scene? what facial expressions will the actors need to make?). Such questions could function as a first step into a reader's theater enactment of the episode.

The story's central questions (how to live without "white lies" and what life paths to follow) are familiar to American students in the 21st century. However, since Tokareva's text explores how they were answered from the perspective of the Soviet Union in the 1960s, teachers should encourage students to compare their 21st-century expectations with Soviet ones from the 1960s. Teachers can build much discussion of the story by having the students make cross-cultural comparisons in this four-way set of outcomes.

Valentin's options in 1964 Moscow	Valentin's options in 21st-century Moscow
American students' options in 1964	American students' options in 21st century

These four-way comparisons are very flexible and can be adjusted by topic or by reframing the parameters. The class might be broken into smaller groups where each is charged with presenting material for a single cell of the chart, and then in a whole-group session students can compare and assess the likelihood of the suggested ideas. When working with students at the intermediate level, the teacher may have to "seed" many language forms or phrases to have the students make the above comparisons in Russian. For example, the teacher might write out a sentence or two in Russian on separate cards expressing a dozen or so possible outcomes, and then distribute them to the students, who must sort them into the four categories presented in the chart above. Students who complete this activity using these seeded forms are more likely to remember the language forms while they gain cultural awareness.

Among the exercises I have included questions and comments regarding cultural comparisons and literary analysis where I thought them justified by the text. Most of these complex issues should probably be discussed in English since the students will lack the vocabulary and language functions to deal with them effectively in Russian. I do not consider the use of English for discussing these intellectually rich questions as a sign of "failure." Quite the contrary: in asking questions that require deeper thinking about the literary work, we are actually inviting students to experience a deeper reading of the L2 text than they would have if the questions and discussion were restricted to the level of their L2 speaking abilities. Rather than skip these issues only because the students cannot yet discuss them in Russian, I have chosen to raise them and allow the readers to offer answers that they can express in any appropriate language.

This edition's companion website (http://www2.ku.edu/~russian/dbv) offers additional materials for both teachers and students. The teachers' section of the site contains lesson plans for covering the story with an intermediate-level class in twelve 50-minute classes, answer keys for the cloze exercises, suggested essay topics, and a sample test. The site also contains an audio recording of the text in MP3 format, and additional comprehension questions that can be uploaded to a course management program like Blackboard™.

Selected Bibliography

Bamford, Julian and Richard R. Day, eds. 2004. *Extensive Reading Activities for Teaching Language*. New York: Cambridge University Press.

Keefe, Leann M. 2004. *The place and pedagogy of reading in the Russian language curriculum*. Ph.D. dissertation, University of Kansas.

Kern, Richard. 2000. *Literacy and Language Teaching*. New York: Oxford University Press.

Maxim, III, Hiram. 2002. "A Study into the Feasibility and Effects of Reading Extended Authentic Discourse in the Beginning German Language Classroom." *The Modern Language Journal* 86(1): 20–35.

Swaffar, Janet K., Katherine M. Arens, and Heidi Byrnes. 1991. *Reading for Meaning: An Integrated Approach to Language Learning*. Upper Saddle River, NJ: Prentice Hall.

To the Student

The materials in this book should help you in reading, retelling, summarizing, discussing and interpreting the story *День без вранья*. Before starting on your reading, you may find it helpful to think about the reasons for reading a story in Russian as well as to reflect on the activity of reading.

Goals

This edition of Viktoriia Tokareva's story gives you the opportunity to read a longer story in Russian at a relatively early stage in your language study. You will follow the main character for one day in his life, and you will observe him in his interactions with others and with the world around him. While piecing together the general story line, you should keep some language and culture goals in mind:

Language goals

a) increase your reading vocabulary
b) increase your reading speed
c) improve your ability to follow events and ideas through a longer story

Culture goals

a) become familiar with a Russian "type"
b) increase your familiarity with aspects of everyday life in the Soviet Union in the 1960s.

Reading Strategies

You will probably be more successful in your reading if you consciously apply certain reading strategies when working with the text.

- Read for global meaning; keep reading even if you do not get everything at first.
- Be prepared to read and re-read a section of the text.

- Follow the main events. Underline or highlight key phrases or sentences as you read.
- Pick up details where you can.
- Try to use your familiarity with prefixes and word roots to guess the meanings of unfamiliar words and phrases.
- In attacking a long sentence, look for its basic skeleton: who did what to whom and why? When in doubt, start by finding the main verb(s) of the sentence. Then find the subject(s) and then the object(s).
- Use your background knowledge of everyday life and Russia in the 1960s to help you narrow the possible meanings of the text.
- Reflect on what you have read to make connections between the parts of the story as you read along.
- After reading a chunk of text, reassess or mentally summarize what you have understood. If there seem to be contradictions with earlier parts of the text, place a question mark in the margin so that you can go back to these sections to clarify the meaning of the passage.
- Reconsider your impressions of the main character after each episode.

Reflection

Reading any story from a foreign culture involves more than just recognizing vocabulary and grammar (although these are important). The researcher Richard Kern notes that comprehending the broadest meaning(s) of a text requires seven functions that reflect literacy in a second language/culture:

1. Interpretation
2. Collaboration
3. Conventions
4. Cultural knowledge
5. Problem solving
6. Reflection and self-reflection
7. Language use[1]

---

[1] Richard Kern, *Literacy and Language Teaching* (Oxford: Oxford University Press, 2000), pp. 16–17.

Unpacking Kern's Functions

As you read this story you will be interpreting experiences and situations that the writer has framed in the text in light of events and ideas that you, the reader, have experienced and bring to the text. As reader, you will need to interact or collaborate with the text to make the writer's text meaningful. Since narrative is shaped by cultural conventions, you will need to be on the watch for those conventions, including when the author chooses to ignore or subvert them. This story reflects a cultural system whose attitudes, beliefs, values, customs, behaviors are very different from your own. Be aware that gaps in your cultural knowledge may cause you to misread the text. When the characters do not behave as you would, consider what underlying cultural values their choices might reflect. As you read, you will engage in problem solving by "figuring out relationships between words, between larger units of meaning, and between texts and real or imagined worlds" (Kern, 16). While this text reflects the author's view of her world, reading the text should allow you the opportunity to reflect both on her world and your own. As you focus on understanding and interpreting this story, consider that you are using Russian, not as isolated snippets of grammar and vocabulary, but as a functional system for expressing ideas and opinions in larger discourse units.

As you read this story and work through the activities, keep these seven points in mind, since they may help you realize why it is hard and sometimes frustrating to read and understand a story from another culture and another time period. While you may not understand everything, look at your comprehension of the story from the optimist's perspective as a glass half-full. Each fact, each connection, each realization you have about the words of the text, the characters, and their world brings you another step into the world of Russian literacy.

Companion Website

You will find additional suggestions, strategies, helps for activities on this book's companion website at:

http://www2.ku.edu/~russian/dbv

The Global Context: Frameworks for Interpreting the Story

Viktoria Tokareva's story *День без вранья* draws us into the world of a young educated urban dweller who is trying to find his direction and purpose in life as he enters adulthood. The still unformed hero Valya (or Valentin Nikolaevich as his coworkers call him) possesses a number of traits that link him to the Romantic heroes of Russia's 19th-century literature. Valya disdains the vulgarity, conformity and smugness of his fellow teachers and his girlfriend's mother; he longs for adventure in the open and wild steppe; he expresses with childlike naivete the wish to live a whole day without lying or being afraid. In some ways he is the Soviet 1960s version of Pechorin from Lermontov's *A Hero of Our Time*, where the grand and spectacular backdrop of the Caucasus has been replaced by the ordinariness of a single day in 1960s Moscow. Like the heroes of many "coming of age" stories, Valya's narcissistic tendencies are revealed in his commentaries on himself and others.

This story was first published in 1964, a date significant for contextualizing the hero in Soviet history and society. The story and its hero capture the restless mood of the Khrushchev years (1956–64), with its focus on de-Stalinizing the Soviet Union and dealing with the country's past with honesty (or with as much honesty as could be permitted). The year 1964 saw the publication of Solzhenitsyn's *Один день Ивана Денисовича* [in English *One Day in the Life of Ivan Denisovich*], a text that similarly uses a single day as the organizing principle for revealing the hero's character and life circumstances. While Tokareva's text has no pretensions to the scope of Solzhenitsyn's, it is interesting that both chose the conceit of a single day. The focus and attraction of describing the ordinariness of a single day, of revealing life through mundane encounters, allowed the two authors room to offer unspoken critiques about uncomfortable and problematic aspects of Soviet life. Several years later Natalya Baranskaya adapted this technique to a week long diary of an ordinary Soviet life in her *Неделя как неделя* [*A Week Like Any Other*].

The 1964 publication date is similarly significant because it places Tokareva's hero squarely among the "шестидесятники," the people of the 1960s. Valya is one of the first generation to come of age after Stalin's death in 1953. His generation saw the triumphs of the Soviet space program (Sputnik's launch in 1957; Yurii Gagarin's space flight in 1961), the expansion of the Soviet economy and a significant improvement in the standards of living for average Soviet citizens. The courage that this generation had to expose the problems of the past and their optimism about a better future slowly eroded in the Brezhnev years (1964-1982). Over those years, the youthful optimism of many was replaced with a deep cynicism about the Soviet system.

Tokareva's hero worries that he might turn into a failure, into a person "кото́рый хоте́л." The *шестидеся́тник*, as depicted in later Soviet films and stories in the 1970s and 80s, often struggles with such feelings of failure, of having fallen short of his potential, of not daring to find happiness. In these works middle-aged *шестидеся́тники* often grieve over paths not taken or decisions made without real choices. It is not hard to see the main character of the 1979 film *Осе́нний марафо́н* [*Autumn Marathon*, directed by Georgii Daneliia] as a middle-aged version of Tokareva's Valya.

The *шестидеся́тник* is a type that Russians know and recognize. While this kind of introspective and vacillating hero is not a usual favorite for American readers and viewers, the readers' encounter with Valya will provide them with direct insight into this important cultural construct.

Виктория Токарева

День без вранья

Glosses

мне присни́лось – I dreamed   ра́дуга – rainbow

отража́ться – to be reflected   вверху́ и внизу́ – above and below

ощуще́ние – feeling, sensation

во сне – in a dream

чего́-нибудь недостаёт – something is missing

взгляну́в – having glanced

проспа́ть – to oversleep

ски́нув но́ги с крова́ти – having hung my legs off the bed

прики́дывая – estimating

босо́й – barefoot   трусы́ – undershorts

побегу́ (побежа́ть) – I will run

надева́ть / наде́ть – to put on

торопи́ться – to hurry   заявле́ние об ухо́де – letter of resignation

бу́дто – as if

премье́р-мини́стр ... Цейло́на – Ceylon's prime minister and defense minister

сде́рживая гнев – restraining her anger   приду́ (прийти́) – I will come

постара́юсь – I will try to

День без вранья

Сегодня ночью мне приснилась радуга. Я стоял над озером, радуга отражалась в воде, и получалось, что я между двух радуг — вверху и внизу. Было ощущение счастья, такого полного, которое может прийти только во сне и никогда не бывает на самом деле. На самом деле обязательно чего-нибудь недостаёт.   5

Я проснулся, казалось, именно от этого счастья, но, взглянув на часы, понял: проснулся ещё и оттого, что проспал.

Скинув ноги с кровати, сел, прикидывая в уме, сколько времени осталось до начала урока и сколько мне надо для того, чтобы собраться и доехать до школы.   10

Если я прямо сейчас, босой, в одних трусах, побегу на троллейбусную остановку, то опоздаю только на полторы минуты. Если же начну надевать брюки, чистить зубы и завтракать, то после этого уже можно никуда не торопиться, а сесть и написать заявление об уходе.

Меня позвали к телефону. Это звонила Нина. Разговаривала она со   15
мной так, будто она премьер-министр и министр обороны Цейлона Сиримаво Бандаранаике, а я по-прежнему учитель французского языка средней школы.

Сдерживая благородный гнев, Нина спросила, приду я вечером или нет. Я сказал: постараюсь, хотя знал, что, наверное, не приду.   20

Верну́вшись – Having returned   я вру (врать) – I lie; say a falsehood

по мелоча́м – on small stuff; on small issues

при́знак – sign

пуст – empty

держа́ть – to hold

пря́чет (пря́тать) – is hiding

слу́жащие (служи́ть) – office workers (to serve)

не торопя́сь – without hurrying, leisurely

в пя́том «Б» – in fifth grade, Group B

нагру́зка – load

равня́лась бы – would be equal to, would equate to

худо́жественный перево́д – literary translation   приня́ть – to accept

иняз – институ́т иностра́нных языко́в

за грани́цу – abroad   напра́шиваться – to beg

стесня́ться – to feel shy, to hesitate

сижу́ (сиде́ть) – I sit   не на своём ме́сте – in the wrong place

Вернувшись в комнату, я подумал, что последнее время вру слишком часто - когда надо и когда не надо, — чаще всего по мелочам, а это плохой признак. Значит, я не свободен, значит, кого-то боюсь — врут тогда, когда боятся.

Я надел брюки и решил, что сегодня никого бояться не буду.

5

Троллейбус был почти пуст, только возле кассы сидела женщина и читала газету. Она держала газету так близко к глазам, что казалось, будто прячет за ней лицо.

В десять часов утра мало кто ездит. Рабочие и служащие давно работают и служат, а те, кто не работает и не служит, в это время, не торопясь, одеваются, чистят зубы и завтракают. Для них десять часов рано.

10

Для меня десять часов поздно, потому что через двадцать минут я должен начать урок в пятом «Б».

Я преподаю французский язык с нагрузкой двадцать четыре часа в неделю. Я бы с удовольствием работал двадцать четыре часа в год, но тогда моя годовая зарплата равнялась бы недельной.

15

Когда-то я хотел учиться в Литературном институте, на отделении художественного перевода, но меня туда не приняли. Окончив иняз, хотел работать переводчиком, ездить с делегациями за границу, но за границу меня никто не приглашает, а самому ходить и напрашиваться неудобно.

20

Моя невеста Нина говорит, что я стесняюсь всегда не там, где надо. А её мама говорит, что я сижу не на своём месте. «Своим» местом она,

очеви́дно – obviously

порьı́ться – to dig   ме́лочь – change, coins   бро́шу (бро́сить) – I will throw, toss переплачу́ (переплати́ть) – I will overpay   опущу́ (опусти́ть) – I will put in обману́ (обману́ть) – I will deceive   госуда́рство – the government посомнева́вшись (посомнева́ться) – having entertained that doubt в свою́ по́льзу – in my favor   тем бо́лее – especially as близору́кий – near-sighted

оторва́ть – to tear off   сел (сесть) – I sat down   стал – I began припомина́ть – to recall   ссо́риться – to quarrel, have a falling out молча́ть – to be silent

опусти́ть – to put down, to put in

наоборо́т – quite the opposite зре́ние – vision   о́пыт обще́ния – experience in talking with воспо́льзоваться – to use, take advantage of

наводя́щий (вопро́с) – leading (question)

пожале́ть – to regret, begrudge

очеви́дно, счита́ет тако́е, где моя́ ме́сячная зарпла́та равня́лась бы
тепе́решней годово́й.

На́до бы́ло плати́ть за прое́зд. Я поры́лся в карма́нах, доста́л ме́лочь —
три копе́йки и пять копе́ек. Поду́мал, что е́сли бро́шу пятикопе́ечную
моне́ту, то переплачу́: ведь биле́т сто́ит четы́ре копе́йки. Е́сли же опущу́
три копе́йки, то обману́ госуда́рство на копе́йку. Посомнева́вшись, я
реши́л э́тот вопро́с в свою́ по́льзу, тем бо́лее что ря́дом не́ было никого́,
кро́ме близору́кой же́нщины, кото́рая чита́ла газе́ту.

Я споко́йно оторва́л биле́т, сел про́тив ка́ссы и стал припомина́ть, как
мы с Ни́ной ссо́рились вчера́ по телефо́ну. Снача́ла я говори́л — она́
молча́ла. Пото́м она́ говори́ла — я молча́л.

Же́нщина тем вре́менем опусти́ла газе́ту и стро́го поинтересова́лась:

— Молодо́й челове́к, ско́лько вы опусти́ли в ка́ссу?

Тут я по́нял, что она́ не близору́ка — наоборо́т, у неё о́чень хоро́шее
зре́ние — и что она́ контролёр. О́пыт обще́ния с контролёрами у меня́
незначи́тельный. Но сего́дня я не воспо́льзовался бы никаки́м о́пытом.
Сего́дня я реши́л никого́ не боя́ться.

— Три копе́йки, — отве́тил я контролёрше.

— А ско́лько сто́ит биле́т? — Таки́е вопро́сы в шко́ле называ́ют
наводя́щими.

— Четы́ре копе́йки, — сказа́л я.

— Почему́ же вы опусти́ли три вме́сто четырёх?

— Пожале́л.

5

10

15

20

удивле́ние – surprise

оштрафу́ю (оштрафова́ть) – I will fine you
жа́лко – a pity

худо́й – skinny   озя́бшие – frozen   па́льцы (па́лец) – fingers (a finger)
ей приходи́лось ссо́риться – she had to argue with

припомина́ть – to recall, remember

воло́с (gen. pl of во́лос) – hair
скоре́е всего́ – most likely
вряд ли – hardly

пожале́л – I begrudged the money

и́скренний – sincere
попада́лся (попада́ться) – had encountered   себя́ вести́ – to behave oneself

по́лные сбо́ры – full collections
не́которые – some people   норови́ть – to strive, to aim to
обману́ть – to deceive

Контролёрша посмотрела на меня с удивлением.

— А вот сейчас оштрафую вас, заплатите в десять раз больше. Не жалко будет?

— Почему же? — возразил я. — Очень жалко.

Контролёрша смотрела на меня, я — на контролёршу, маленькую, худую, с озябшими пальцами. Она была такая худая, наверное, оттого, что много нервничала — по своей работе ей приходилось ссориться с безбилетными пассажирами.

А контролёрша, глядя на меня, тоже о чём-то думала: припоминала, наверное, где меня раньше видела. На меня многие так смотрят, потому что я похож на киноартиста Смоктуновского, только у меня волос побольше. Но моя контролёрша скорее всего в кино ходила редко и про Смоктуновского вряд ли слышала.

— Может, вы просто забыли бросить копейку? — Это был следующий наводящий вопрос.

— Я не забыл. Я пожалел.

Такой искренний безбилетник контролёрше, очевидно, раньше не попадался, и она не знала, как в таких случаях себя вести.

— Вы думаете, мне приятно брать с вас штраф? — растерянно спросила она.

— По-моему, в этом заключается ваша работа.

— Нет, не в этом; моя работа в том, чтобы касса делала полные сборы. Да. А некоторые так и норовят обмануть. Или вовсе ничего не платят, а билет отрывают…

ви́димо – apparently

махну́в руко́й – having waved it off   вперёд – forward, to the front
под табли́чкой – under the sign

останови́лся – stopped

пусты́нно – deserted   сто́рож – watchman
во́зле + *кого? чего?* – near, next to   раздева́лка – cloak room
неизме́нная ке́почка – customary cap

завхо́з – заве́дующий хозя́йством – head custodian   чини́ть – to repair
па́рта – a school desk   прибива́ть – to nail in
Если бы ему́ поручи́ли – if he were asked to
с не ме́ньшим успе́хом – with no less success   во вся́ком слу́чае – in any case
во́время – on time

ско́рчил грима́су – he made a grimace
грози́ть / погрози́ть па́льцем – to wag his finger at

дежу́рная шу́тка – usual/running joke
то же са́мое – the same thing   заменя́л сло́во – he would replace the word

Контролёрша, ви́димо, хоте́ла сказа́ть мне о ро́ли дове́рия на совреме́нном эта́пе к челове́ку, о при́нципе «доверя́й и проверя́й» и о том, что и́менно они́, контролёры, при́званы повыша́ть созна́тельность гра́ждан.

Но ничего́ э́того она́ не сказа́ла, а, махну́в руко́й, прошла́ вперёд и   5
се́ла под табли́чкой «Места́ для пассажи́ров с детьми́ и инвали́дов».

Тролле́йбус останови́лся, я бро́сил в ка́ссу пятикопе́ечную моне́ту и сошёл. Это была́ моя́ остано́вка.

В шко́ле бы́ло ти́хо и пусты́нно. Шко́льный сто́рож Пантеле́й Степа́ныч, а за глаза́ про́сто Пантеле́й, сиде́л в одино́честве во́зле раздева́лки в   10
свое́й неизме́нной ке́почке, кото́рую он носи́л, наве́рное, с тех пор, когда́ сам ещё ходи́л в шко́лу.

Пантеле́й — и сто́рож, и касси́р, и завхо́з, он чи́нит столы́ и па́рты, прибива́ет плака́ты и портре́ты знамени́тых люде́й. Е́сли бы ему́ поручи́ли, он мог бы преподава́ть францу́зский в пя́том «Б» и де́лал   15
бы э́то с не ме́ньшим успе́хом, чем я. Во вся́ком слу́чае, приходи́л бы во́время.

Уви́дев меня́, Пантеле́й ско́рчил грима́су, как Мефисто́фель, и погрози́л па́льцем:

— Смотри́, жене́ всё скажу́.   20

Это была́ его́ дежу́рная шу́тка. Молоды́м учи́тельницам он говори́л то же са́мое, но заменя́л сло́во «жене́» сло́вом «му́жу»: «Смотри́, му́жу всё скажу́».

раздража́ть – to irritate

напомина́ть – to remind

стать + infinitive – to begin to

бе́гает… черни́льницы – is running around on the desks stepping on the inkwells with his heels под потолко́м – (just) below the ceiling

помеща́ться – to be housed

шве́дская сте́нка – climbing bars забира́ться – to get, climb onto

ве́рхняя перекла́дина – uppermost cross-bar

угова́риваю его сойти́ вниз – I talk him into coming down

вы́глядеть – to look, to seem

проникнове́нно – heartfeltly

отклика́ется – responds

слезь! (слеза́ть/слезть) сию́ мину́ту – Climb down this minute!

чё – чего? – what (crude response in place of *Что?* like *Huh?* in English)

меша́ть – to bother, annoy

-де (particle) – signals quotation of direct speech

прекращу́ (прекрати́ть) – I will stop

заверну́в носы́ боти́нок за перекла́дину – having wrapped the tips of his shoes around the cross-bar наблюда́ть – to observe, to watch

боле́ть *за кого?* – to root for остальны́е – the others

Учи́тельниц это раздража́ло, потому что муже́й у мно́гих не́ было, а Пантеле́й ка́ждый раз напомина́л об э́том.

Я стал раздева́ться и уже́ ви́дел свой пя́тый «Б» в конце́ коридо́ра второ́го этажа́: Ма́лкин бе́гает по па́ртам, давя́ каблука́ми черни́льницы, а Соба́кин наверняка́ сиди́т под потолко́м.

В пя́том «Б» ра́ньше помеща́лся спорти́вный зал, и в кла́ссе до сих пор оста́лась стоя́ть шве́дская сте́нка. Соба́кин ка́ждый раз забира́ется на са́мую ве́рхнюю перекла́дину, и ка́ждый раз я начина́ю уро́к с того́, что угова́риваю его́ сойти́ вниз.

Обы́чно это вы́глядит так:

— Соба́кин! — проникнове́нно вступа́ю я.

— А! — с гото́вностью отклика́ется Соба́кин.

— Не «а», а слезь сию́ мину́ту.

— Мне отсю́да лу́чше ви́дно и слы́шно.

—Ты слы́шишь, что я тебе́ сказа́л?

— А чё, я меша́ю?..

Да́льше начина́ется ультима́тум с мое́й стороны́, что е́сли-де он, Соба́кин, не сле́зет, я прекращу́ уро́к и вы́йду из кла́сса.

Соба́кин продолжа́ет сиде́ть на сте́нке, заверну́в носы́ боти́нок за перекла́дину. Класс мо́лча, с интере́сом наблюда́ет. Не́сколько челове́к боле́ют за меня́, остальны́е за Соба́кина.

про́игрываю я́вно – I am clearly losing   сты́дно – ashamed

кому + попадёт от завуча – someone will get it from the head of instruction

стяну́ть его за штаны́ – to pull him down by his pants

чтоб в сте́ну влип – so that he'd be smashed into a wall

де́тям стано́вится жаль меня́ – the children begin to feel sorry for me

водружа́ть – to carry into, to install in   поло́женное – proper

ле́зешь (лезть) – to climb   Хотя бы – at least

поинтере́снее что – something more interesting

предполага́ть – to suppose

сменю́ (сменя́ть/смени́ть) – I will change (to replace an item with a fresh one)

вам не всё равно́ – isn't it all the same to you?

в су́щности – in essence

журна́л – daily attendance/gradebook   отсу́тствующие – the absent ones

гляжу́ (гляде́ть) – I look (to look)

звоно́к – bell   обрыва́ться – to tear apart

внутри́ – inside

Я прои́грываю я́вно. Вы́йти я не могу́: сты́дно перед ученика́ми и попадёт от за́вуча. Соба́кин слеза́ть не собира́ется. Мне ка́ждый раз хо́чется подойти́, стяну́ть его за штаны́ и дать с у́ха на́ ухо, как говори́т Ни́нина ма́ма, чтоб в сте́нку влип.

Конча́ется это обы́чно тем, что де́тям стано́вится жаль меня́, они́ бы́стро и без разгово́ра водружа́ют Соба́кина на его поло́женное ме́сто.

Сего́дня я, как обы́чно, «откры́л» уро́к диало́гом с Соба́киным.

—Соба́кин!

—А!

— Ну что ты ка́ждый раз на сте́ну ле́зешь? Хоть бы поинтере́снее что приду́мал.

—А что?

— Ну вот, бу́ду я тебя́ учи́ть на свою́ го́лову.

Соба́кин смо́трит на меня́ с удивле́нием. Он не предполага́л, что я сменю́ текст, и не подгото́вился.

— А вам не всё равно́, где я бу́ду сиде́ть? — спроси́л он.

Я поду́мал, что мне, в су́щности, действи́тельно всё равно́, и сказа́л:

— Ну сиди́.

Я раскры́л журна́л, отме́тил отсу́тствующих.

Уро́ки у меня́ ску́чные. Я всё гляжу́ на часы́, ско́лько мину́т оста́лось до звонка́. А когда́ слы́шу звоно́к с уро́ка, у меня́ да́же что-то обрыва́ется внутри́.

подлинник – the original   Гюго – Hugo   Мольер – Moliere

Рабле – Rabelais   спрягаемый глагол – the conjugated verb

морщусь – I wince, I knit my brow

с голоду – out of hunger   огород – (vegetable) garden

развлечение – entertainment

слез (*past of* слезть) – to come down   так как – since

не имело смысла – it didn't make sense

задано на дом – assigned for homework

вызывать к доске – to call to the board

отметки – grades

вялый – sluggish, inert

да и те, что есть – and those that there are…   дразнить – to tease

Сэ ле… матен – C'est le matin. (French) – It's morning.

поправить – to correct

парня (nom. парень) – guy, kid

способности к языкам – talent for languages

пусть она перестанет нанимать учителей – let her stop hiring teachers

лучшее применение – a better use

Я прочитáл в пóдлинниках всегó Гюгó, Мольéра, Раблé, а здесь дóлжен объяснять Imparfait спрягáемого глагóла и переводить фрáзы: «это шкóла», «это учени́к», «это у́тро».

Я объясняю и перевожу́, но мóрщусь при э́том, как чéховская кóшка, котóрая с гóлоду ест огурцы́ на огорóде.   5

Я скучáю, и мои́ дéти тóже скучáют, а поэ́тому бывáют рáды даже такóму нея́ркому развлечéнию, как «Собáкин на стéнке». Сегóдня Собáкин слез срáзу, так как, получи́в моё разрешéние, потеря́л вся́кий интерéс пу́блики к себé, а прóсто сидéть на у́зкой переклáдине не имéло смы́сла.   10

Отмéтив отсу́тствующих, я спрáшиваю, что бы́ло зáдано нá дом, и начинáю вызывáть к доскé тех, у когó мáло отмéток и у когó плохи́е отмéтки.

Сегóдня я вы́звал вя́лого, бесцвéтного Держáвина, у котóрого мáло отмéток, да и те, что есть, плохи́е. Дéти дрáзнят егó «Стари́к Держáвин».   15

— Сэ ле… матен… — нáчал «Стари́к Держáвин».

— Матэн, — попрáвил я и, гля́дя в учéбник, стал ду́мать о Ни́не.

— Матен, — угрю́мо повтори́л Держáвин.

Я хотéл попрáвить ещё раз, но переду́мал, — у пáрня я́вно нé было способности к языкáм.   20

— Знáешь что, — предложи́л я, — скажи́ своéй мáме, пусть онá перестáнет нанимáть тебé учителéй, а найдёт свои́м деньгáм лу́чшее применéние.

карма́нный приёмник – pocket radio (receiver)

мра́морного рису́нка – with a marble pattern

вряд ли – hardly

сведённые – knitted (of brows)
во́все – entirely

пролете́ть – to fly through   шлёпнуться – to plop down   во́зле – near

прекрати́ть – to stop
содержа́тельный – weighty, contentful   затяну́ться – to drag out
обще́ние – in coversation   становлю́сь (станови́ться) – I become
дура́к – a fool

валя́ться – to lie, to lie about

подхвати́ться – to pick oneself up

вихля́я – wiggling

честь – honor   дарово́е … кла́ссу – gratutious entertainment of taking a trip
around the classroom

при всех – in front of everyone   нело́вко – awkward

су́нуть – to put, to stick something into something

— Мо́жно, я скажу́, что́бы она́ купи́ла мне батаре́йки для карма́нного приёмника? — Держа́вин посмотре́л на меня́, и я уви́дел, что глаза́ у него́ си́ние, мра́морного рису́нка.

— Скажи́, то́лько вряд ли она́ послу́шает.

Держа́вин заду́мался, а я, взгляну́в на его́ сведённые бе́лые бро́ви, 5
поду́мал, что он во́все не бесцве́тный и не вя́лый, — про́сто па́рню не
о́чень легко́ жить с тако́й энерги́чной ма́мой и таки́м учи́телем, как я.

Че́рез класс пролете́ла запи́ска и шлёпнулась во́зле Тама́ры Ду́бовой.

— Ду́бова, — попроси́л я, — положи́ запи́ску мне на стол.

—Каку́ю, э́ту? 10

—А у тебя́ их мно́го?

— У меня́ их нет.

Я почу́вствовал, что е́сли во́время не прекрати́ть э́тот
содержа́тельный разгово́р, он мо́жет затяну́ться. Удиви́тельно, в
обще́нии с Ду́бовой я сам становлю́сь дурако́м. 15

— Ту, что валя́ется во́зле твое́й па́рты, — сказа́л я.

Ду́бова с удово́льствием подхвати́лась, подняла́ запи́ску, положи́ла
передо мной на стол и пошла́ обра́тно, вихля́я спино́й. Для неё э́то была́
больша́я честь — положи́ть мне на стол запи́ску, да к тому́ же дарово́е
развлече́ние пройти́сь во вре́мя уро́ка по кла́ссу.

Чита́ть запи́ску при всех мне бы́ло нело́вко, а прочита́ть хоте́лось: 20
интере́сно знать, о чём пи́шут друг дру́гу двенадцатиле́тние лю́ди.

Я су́нул запи́ску в карма́н.

Э тю прэ кри Мари а сон фрер Эмиль – Es-tu prêt?— crie Marie à son frère
   Emile – "Are you ready?" called Marie to her brother Emile

незаме́тно – inconspicuously   вы́тащить – to pull out
развора́чивать / завора́чивать – to unwrap / to wrap up
порошо́к – (here) medicine in powder form

ла́зить / лезть – to climb (this pair of verbs is similar to ходи́ть / идти́)

гру́стно – sad   им по двена́дцать – they are each 12 years old
впереди́ – ahead of them   на середи́не – in the middle

сади́сь (сади́ться) – sit down!

вообще́ – in general
фонемо́йды – (spec. linguistic term) phonemoids ("essence" of a phoneme)
иностра́нец – a foreigner   вы́учивший – who has learned
худо́жественный перево́д – literary translation
одну́ и ту же фра́зу – one and the same phrase
по-ра́зному – in various ways   кусо́к / куски́ – piece(s)
Кола́ Брюньо́н – Colas Breugnon (novel by R. Rolland)
Рабле́ – Rabelais (French writer of the Renaissance whose descriptions often
range to the colorful and the bawdy)

подпере́в кулако́м подборо́док – propping up his chin with his fist
отки́нувшись – having sat back   зали́тое не́бом – flooded by the sky

— Э тю прэ кри Мари а сон фрер Эмиль, — читал Державин.

— Переведи, — сказал я, незаметно вытащил под столом записку и стал тихо разворачивать: она была свёрнута, как заворачивают в аптеках порошки.

— «Ты готов? — кричит Мария своему брату Емеле…»   5

— Не Емеле, а Эмилю, — поправил я.

— Эмилю… Нон, Мари…

Я развернул, наконец, записку: «Дубова Тома, я тебя люблю, но не могу сказать, кто я. Писал быстро, потому плохо. Коля».

Теперь понятно, почему этот известный неизвестный каждый раз   10
лазит под потолок.

Мне вдруг стало грустно. Подумал, что им по двенадцать и у них всё впереди. А у меня всё на середине.

— Садись, — сказал я Державину.

Я встал и начал рассказывать о французском языке вообще — не о   15
глагольных формах, а о том, что мне самому интересно: о фонемоидах, о том, почему иностранец, выучивший русский язык, всё равно говорит с акцентом; о художественном переводе, о том, как можно одну и ту же фразу перевести по-разному. Я читал им куски из «Кола Брюньона» в переводе Лозинского. Читал Рабле в переводе Любимова.   20

Мои дети первый раз в жизни слушали Рабле, а я смотрел, как они слушают: кто подперев кулаком подбородок, кто откинувшись, глядя куда-то в окно, залитое небом. Дубова ела меня глазами, следила, как

дви́жутся мои́ гу́бы – my lips move

сквозь – through (+ acc.)

передо мной – in front of me

каза́ться – to seem   полти́нник – 50-kopeck coin

ста́ли переводи́ть – we started to translate   за́данный – assigned

получи́лось – it turned out

смею́тся (смея́ться над кем? чем?) – they laugh at   коллекти́в – group

предме́т для насме́шек – object of ridicule

произноси́ть – to pronounce   в нос – nasally

обнару́жить – to detect, discover   иностра́нец – a foreigner

ухитри́ться – to contrive, manage   гла́сные/согла́сные – vowels / consonants

переводи́ть глаза́ – to move their eyes (back and forth from X to Y)

непроница́ем – impenetrable   сфинкс – Sphynx

зазвене́л звоно́к – the bell rang

све́рил – compared, checked

успе́ть – to have time to

глаго́л – verb   опроси́ть двое́чников – to quiz the D students

отстава́ние – lagging behind

неуспева́емость – lack of academic progress

на педсове́те—in the teachers' council

движутся мои губы. Павлов смотрел мне прямо в лицо; в первый раз он глядел не сквозь меня.

Передо мной сидели тридцать разных людей, а раньше все они казались мне похожими друг на друга, как полтинники, и я никого не знал по имени, кроме Собакина и Дубовой.

Потом мы вместе стали переводить первую фразу из заданного параграфа: « C'est le matin», и получилось, что эти три слова можно перевести в трёх вариантах: «Вот утро», «это утро» и просто «утро».

В конце урока я вызвал Павлова — мальчика, над которым все смеются. В каждом коллективе есть свой предмет для насмешек. В пятом «Б» это Павлов, хотя он не глупее и не слабее других.

Помня о фонемоидах, Павлов старался произносить слова в нос: хотел продемонстрировать такое произношение, чтобы француз не обнаружил в нём иностранца. Я не понимал ни слова, потому что он ухитрялся произносить в нос не только гласные, но и согласные.

Дети переводили глаза с меня на Павлова, с Павлова на меня. Я сидел непроницаем, как сфинкс, — они решили, что Павлов читает правильно. И не засмеялись.

Зазвенел звонок. Это Пантелей включил электрические часы. Мне показалось, что Пантелей рано их включил. Я сверил со своими — всё было правильно. Урок кончился, а я не успел объяснить Imparfait глаголов первой группы, не успел опросить двоечников.

Это значит отставание от программы; это значит высокий процент неуспеваемости; это значит, будет о чём поговорить на педсовете.

переме́на – recess, break   пре́жде – before that

учи́тельская (ко́мната) – the teachers' lounge   за́вуч – head of instruction

дире́ктор – the principal

«продлённый день» – extended-day (pupils)   о́чередь – line

тяну́ть – to hold out   пятаки́ – 5-kopeck coin   мечта́ть – to dream

пови́дло – jam

наблюда́ть – to observe

испы́тывать – to experience   так называ́емый – so-called

«сопротивле́ние материа́ла» – the resistance of the material

соси́ски – hot dogs

сы́рники – cottage-cheese pancakes

изжо́га – heartburn

уме́ю (уметь) – I know how (+ inf.)

куса́ть – to bite   чтобы ко́жица хрусте́ла – so that the skin crunches

соотве́тствует (соотве́тствовать) – to correspond to

све́тский этике́т – social etiquette   обнару́живать – to reveal, uncover

несве́тскость – my lack of good manners, good breeding

тем не ме́нее – nevertheless

о́бщество – society, company   чу́вствую себя́ (чу́вствовать) – I feel

сло́жно – difficult, complicated

в э́том смысл её жи́зни – in this is the meaning of her life

несостоя́тельный – unsupported, groundless

стара́юсь дать ей поня́ть – I try to make her understand   за + чем? – beyond

ино́й – another

На переме́не я иду́ в столо́вую. Мне на́до пре́жде зайти́ в учи́тельскую, положи́ть журна́л. Но идти́ туда́ я не хочу́, потому́ что встре́чу за́вуча или дире́ктора.

В столо́вой за́втракает «продлённый день». Во́зле буфе́та — о́чередь: девчо́нки и мальчи́шки тя́нут пятаки́, ка́ждый мечта́ет о пирожке́ с повидлом.

Я люблю́ наблюда́ть дете́й в метро́, на у́лице, в столо́вой, но не на уро́ке. На уро́ке я испы́тываю так называ́емое «сопротивле́ние материа́ла».

Я хоте́л взять соси́ски с капу́стой, но в это вре́мя в столо́вую вошла́ за́вуч Ве́ра Петро́вна, и я вме́сто соси́сок реши́л взять сы́рники, от кото́рых у меня́ изжо́га.

Я реши́л взять сы́рники потому́, что не уме́ю пра́вильно есть соси́ски: люблю́ их куса́ть, чтобы ко́жица хрусте́ла. Така́я мане́ра есть не соотве́тствует све́тскому этике́ту, а обнару́живать пе́ред за́вучем свою́ несве́тскость мне не хоте́лось.

Тем не ме́нее я беру́ соси́ски и иду́ к столу́.

В о́бществе Ве́ры Петро́вны я чу́вствую себя́ сло́жно. Семьи́ у неё нет, рабо́тает она́ хорошо́ — в э́том смысл её жи́зни. Семьи́ у меня́ то́же нет, рабо́таю я пло́хо — и смысл мое́й жи́зни, е́сли он есть, не в э́том.

Для Ве́ры Петро́вны нет люде́й у́мных и глу́пых, сло́жных и примити́вных. Для неё есть плохо́й учи́тель и хоро́ший учи́тель.

Я — плохо́й учи́тель. Перед ней я чу́вствую себя́ несостоя́тельным и поэ́тому бою́сь её. Я обы́чно стара́юсь дать ей поня́ть, что где́-то за шко́льными стена́ми прохо́дит моя́ ина́я, гла́вная жизнь. И в той жи́зни я

5

10

15

20

25

куда бо́лее – even more   хозя́ин – master   остально́й – other

ничего́ не дава́л поня́ть – I didn't let her understand anything
соси́ски пря́мо с ко́жицей – hot dogs right with their skins

сля́коть – slush   скоре́е бы зима́… – winter should get here sooner

промолча́ть – to keep silent

проявле́ние демократи́зма – a demonstration of democratic feeling
халту́рить – to do poor, sloppy work

молча́ть – to be silent   блужда́ла ло́жкой – stirred aimlessly with her spoon

семе́йный – familial

степь – steppe

не для того́, чтобы внести́ свой вклад – not to make my contribution
не для того́, чтобы наблюда́ть жизнь – not to observe life
где уго́дно – wherever you like

в други́е усло́вия – in other conditions   в тру́дностях – in difficulties
раскрыва́ться – to open up   ли́чность – personality
во мне … ли́чность – Such a personality/character would open up in me
а́хнуть – to gasp in amazement (lit. to say «ах!»)

куда́ бо́лее хозя́ин, чем остальны́е учителя́, кото́рые не чита́ют Рабле́ не то что в по́длиннике, но и в перево́де Люби́мова.

Сего́дня я ничего́ не дава́л поня́ть. Я ел соси́ски пря́мо с ко́жицей, ждал, когда́ Ве́ра Петро́вна начнёт говори́ть о моём опозда́нии.

— Сля́коть… — сказа́ла она́, гля́нув в окно́. — Скоре́е бы зима́…   5

Я промолча́л. Мне во́все не хоте́лось, чтобы зима́ приходи́ла скоре́е, потому́ что у меня́ нет зи́мнего пальто́. Кро́ме того́, я понима́л, что «сля́коть» — это проявле́ние демократи́зма. Это зна́чило: «Вот ты опа́здываешь, халту́ришь, а я с тобо́й как с челове́ком разгова́риваю».

Я молча́л. Ве́ра Петро́вна блужда́ла ло́жкой в су́пе.   10

—Скажи́те, Валенти́н Никола́евич, — начала́ она́ ти́хим семе́йным го́лосом, — вы по́сле институ́та пошли́ рабо́тать в шко́лу… Вы так хоте́ли?

— Нет, я хоте́л пое́хать в степь.

Я действи́тельно хоте́л тогда́ пое́хать в степь.   15

Не для того́, чтобы внести́ свой вклад, — его́ и в Москве́ мо́жно внести́. Не для того́, чтобы наблюда́ть жизнь, — её где уго́дно мо́жно наблюда́ть.

Мне хоте́лось в други́е усло́вия, потому́ что, говоря́т, в тру́дностях раскрыва́ется ли́чность. Мо́жет, верну́вшись пото́м в Москву́, я стал бы   20
переводи́ть кни́ги и де́лал это не ху́же, чем Лози́нский. Мо́жет, во мне раскры́лась бы така́я ли́чность, что Ве́ра Петро́вна про́сто а́хнула?

обхо́дятся ... пропи́ски – they get by without Moscow residence permits

разы́грывать – to play with, to play a joke on

неуме́стно – out of place, inappropriate

придётся (прийтись) – I'll be forced to   больно́й – sick

к тому́ вре́мени – by the time when

распределя́ли – they assigned   вы́сшее образова́ние – higher education

двум же́нщинам – two women

не задава́ть бо́льше вопро́сов – not to ask any more questions

посторо́нний – extraneous   те́ма – topic, theme

поры́в – rush, upsurge   открове́нность – frankness

Но, кро́ме всего́, мне хоте́лось посмотре́ть, кака́я она́, степь, и познако́миться с людьми́, кото́рые живу́т там, рабо́тают и обхо́дятся без моско́вской пропи́ски.

— В каку́ю степь? — не поняла́ Ве́ра Петро́вна. — В казахста́нскую?

— Мо́жно в казахста́нскую, мо́жно и в други́е.

Ве́ра Петро́вна, наве́рное, поду́мала, что я её разы́грываю и что это неуме́стно.

— Что ж вы не пое́хали? — стро́го спроси́ла она́.

Тепе́рь придётся объясня́ть, что у меня́ о́чень больна́я ма́ма, от кото́рой ушёл па́па. И придётся рассказа́ть про Ни́ну, кото́рая к тому́ вре́мени, когда́ меня́ распределя́ли, не зако́нчила ещё своего́ вы́сшего образова́ния, а зака́нчивает то́лько в э́том году́.

— Я ну́жен был в Москве́.

— Кому́?

Ве́ра Петро́вна ду́мала, что я скажу́ — пя́тому «Б».

— Двум же́нщинам, — сказа́л я.

За́вуч ста́ла бы́стро есть суп. Она́ реши́ла не задава́ть бо́льше вопро́сов на посторо́нние те́мы, потому́ что неизве́стно, о чём я ещё захочу́ ей рассказа́ть в поры́ве открове́нности. Ве́ра Петро́вна реши́ла говори́ть то́лько о де́ле.

— Вот вы сего́дня опя́ть опозда́ли, — начала́ она́. — За э́ту неде́лю тре́тий раз.

— Четвёртый, — попра́вил я.

Вам не сты́дно? – Don't you feel ashamed?

созна́ться – to confess

напра́сно (lit. – in vain) – well, you should (feel ashamed)

волнова́ться – to be worried

возрази́ть – to object   наоборо́т – quite the opposite   заболе́ть – to get sick

внима́тельно – attentively   смути́ться – to be embarrassed

коке́тничать – to flirt

покрасне́ть – to blush

самоуве́ренный – self-assured (not a positive trait in Soviet culture)

мечта́ – dream, daydream

наводя́щий – leading   челове́ческий – human, humane

печа́тать – to print, to publish

изуми́ться – to be surprised, amazed

— Вам не сты́дно?

Я заду́мался. Сказа́ть, что совсе́м не сты́дно, я не мог, сты́дно — то́же не мог.

— Не о́чень, — созна́лся я.

— А напра́сно. Вы понима́ете, что э́то тако́е? Был звоно́к. Вас нет, де́ти волну́ются… 5

— Что вы! — возрази́л я. — Наоборо́т, они ду́мают, что я заболе́л, и о́чень ра́ды.

Ве́ра Петро́вна посмотре́ла на меня́ внима́тельно и вдруг смути́лась. Наве́рное, поду́мала, что я коке́тничаю с ней. Э́то бы́ло прия́тно ей, хоть 10 я и плохо́й учи́тель. А я, когда́ она́ покрасне́ла, впервы́е уви́дел, что она́ ещё молода́ и во́все не так самоуве́ренна.

— Скажи́те, — спроси́ла она́, — неуже́ли у вас нет большо́й мечты́?

Э́то был уже́ не наводя́щий вопро́с. Э́то был просто́й челове́ческий вопро́с. 15

— Есть. Я хочу́ писа́ть расска́зы.

— Почему́ же не пи́шете?

— Я пишу́, но их не печа́тают.

— Почему́? — изуми́лась она́.

— Говоря́т, плохи́е. 20

— Не мо́жет быть. У вас должны́ быть хоро́шие расска́зы.

подозрева́ть – to suspect

спосо́бный – talented, capable   лени́вый – lazy

если бы … Мо́царт – If I hadn't been lazy, I could have been a Mozart

при всех усло́виях – (here) under any circumstances

нача́льная шко́ла – elementary school

уча́ствует (уча́ствовать) – participates   обду́мывать – to think over

предстоя́щий – up-coming

о́браз – image (here: an actor getting into character)

появи́лась – appeared   пе́ние – singing

мечта́ть – to dream, day-dream

вре́менный – temporary

физкульту́ра – gym class

«шик мадера»… «тюлей» – two non-sense nicknames

размазня́ (colloquial) – wishy-washy person

подде́рживать – to support   изы́сканных тем – refined topics

понима́ет толк – is a connoisseur of   наро́дные пе́сни – folk songs

стесня́ться – to hesitate, to be embarrassed   обнару́жить – to reveal

Вот всегда так. Во мне всегда подозревают больше, чем я могу. Ещё в детстве, когда я учился играть на рояле, учительница говорила моей маме, что я способный, но ленивый. Что если бы я не ленился, то из меня вышел бы Моцарт. А я точно знаю, что Моцарт бы из меня не вышел при всех условиях. 5

Во время нашего разговора в столовую вошла учительница начальной школы Кудрявцева. Она молчит, в разговоре не участвует, обдумывает предстоящий урок. Так хороший актёр перед спектаклем входит в образ.

Появилась учительница пения Лидочка. 10

Она мечтает стать киноактрисой и свою работу в школе считает временной; знакома со многими знаменитыми писателями, артистами и когда рассказывает о них, то называет: Танька, Лёшка.

Пришёл наш второй мужчина — учитель физкультуры Евгений Иваныч, или, как его фамильярно зовут ученики, Женечка. 15

Меня ученики зовут «шик мадера», а Женечку «тюлей». Он считает меня размазнёй, интеллигентом, скучным человеком, потому что я не поддерживаю за столом Лидочкиных изысканных тем. Женечка понимает толк в стихах, любит народные песни, но стесняется обнаружить это. Ему нравится казаться хуже, чем он есть. 20

Мне нравится казаться лучше, чем я есть, Лидочке — талантливее.

Я редко встречаю людей, которые хотят казаться тем, какие они есть на самом деле.

переме́на – break, recess

всех враго́в на́жил че́стно – he has gained all his enemies fairly

во сне – in a dream   ра́дуга – rainbow

«ре́жет» э́ту са́мую пра́вду напра́во и нале́во – he tells the truth bluntly

постоя́нно – continuously   недово́лен – dissatisfied

со́бственная персо́на – his own self   подсчи́тывать – to count up

жиры́, белки́ и углево́ды – fats, proteins and carbohydrates

принёс и́з дому – he brought from home

икра́ – caviar (the edible eggs from any type of fish)

на чём … фильм – he harshly criticized the film

вы́пустить – put out, release

врать (вру, врёшь) – to lie, fib

переста́ть (+ infinitive) – to stop doing something   жева́ть – to chew

рассмея́ться – to burst out laughing

попра́вить во́лосы – to straighten one's hair

испра́вно – punctually   нёс (нести́) – he carried out   слу́жба – duty

В конце́ переме́ны, пе́ред са́мым звонко́м, явля́ется наш тре́тий мужчи́на (всего́, включа́я Пантеле́я, нас че́тверо), учи́тель фи́зики Алекса́ндр Алекса́ндрович, или, как зову́т его де́ти, Са́ндя.

Са́нде пятьдеся́т лет. Он лю́бит говори́ть, что всех враго́в на́жил че́стно. Это пра́вда. Са́ндя никого́ не бои́тся, и, для того чтобы говори́ть пра́вду, ему́ не на́до постоя́ть во сне ме́жду двух ра́дуг. Са́ндя «ре́жет» э́ту са́мую пра́вду напра́во и нале́во. Он постоя́нно всем недово́лен. И ча́сто он прав. Но вме́сте с тем я всегда́ чу́вствую, что его бо́льше всего́ интересу́ет со́бственная персо́на. Я зна́ю, он подсчи́тывает, ско́лько съел за день жиро́в, белко́в и углево́дов. Е́сли углево́дов не хвата́ет, Са́ндя в конце́ дня съеда́ет кусо́чек чёрного хле́ба.

Сейча́с он пил ко́фе с бутербро́дами, кото́рые принёс и́з дому. Ел бутербро́д с икро́й — в ней мно́го белко́в, и на чём свет поноси́л фильм «Знако́мьтесь, Балу́ев» и всю киносту́дию «Ленфи́льм».

Фильм был на са́мом де́ле плохо́й, киносту́дия действи́тельно за после́дние го́ды почти́ ничего́ интере́сного не вы́пустила, но я чу́вствовал, что Са́ндя врёт.

— Послу́шайте, — поинтересова́лся я, — заче́м вы врёте?

Са́ндя на мину́ту переста́л жева́ть. За сто́ликом рассмея́лись, потому́ что все ви́дели фильм «Знако́мьтесь, Балу́ев».

— С ва́ми сего́дня невозмо́жно серьёзно разгова́ривать, — сказа́ла Ве́ра Петро́вна и попра́вила во́лосы.

Зазвене́л звоно́к. Пантеле́й испра́вно нёс слу́жбу. Мне на́до было идти́ в девя́тый «А».

преиму́щество перед кем? чем? an advantage over X
колхо́зный база́р – a farmer's market　　показа́тели – indicators, stats
успева́емость – academic progress　　посеща́емость – attendance
во́зле кого? чего? – near

по́льзуюсь (по́льзоваться) – I use, take advantage of　　цветы́ – flowers
виногра́д – grapes　　при́знак – a sign　　внима́ние – attention
изы́сканность – elegance　　прояви́ть – to show, display

стыжу́сь (стыди́ться) – I am ashamed　　пря́чу (пря́тать) – I hide

о́чередь – a line　　ме́тров в три́ста – about 300 meters long
ста́ну (стать) в хвост – I take a place at the end　　придётся – it will be necessary
ме́лкими и ре́дкими шага́ми – with small and infrequent steps
тороплю́сь (торопи́ться) – I am in a rush

подхожу́ (подходи́ть) – I approach　　протя́гивая – extending, handing out to

де́йствие – action　　развива́ться – to develop　　противополо́жный – opposite
направле́ние – direction
одновреме́нно – simultaneously

улыба́ться – to smile　　взве́шивать – to weigh
отбира́я … я́годы – picking out the ripe clusters and pinching off rotten berries
тре́бую (тре́бовать) – I demand　　исключе́ние – exception
Смоктуно́вский – a well-known actor

У на́шей шко́лы есть «преиму́щество» перед други́ми шко́лами в райо́не — ря́дом колхо́зный база́р. В други́х шко́лах лу́чшие показа́тели по успева́емости и посеща́емости, а во́зле на́шей — база́р.

Я по́льзуюсь э́тим преиму́ществом, что́бы купи́ть Ни́не цветы́ и виногра́д. Дари́ть цветы́ счита́ется при́знаком внима́ния и изы́сканности, а Ни́не бу́дет прия́тно, е́сли я проявлю́ внима́ние и изы́сканность.   5

Ходи́ть с цвета́ми по у́лице я стыжу́сь, поэ́тому пря́чу цветы́ в портфе́ль.

За виногра́дом о́чередь ме́тров в три́ста. Е́сли я ста́ну в хвост о́череди, тогда́ мне придётся пройти́ ме́лкими и ре́дкими шага́ми э́ти три́ста   10 ме́тров, а я торошлю́сь к Ни́не.

Я подхожу́ пря́мо к продавщи́це и говорю́ ей, протя́гивая металли́ческий рубль:

— Килогра́мм глюко́зы.

Да́льше де́йствие начина́ет развива́ться в двух противополо́жных   15 направле́ниях. В кино́ э́то называ́ется «паралле́льный монта́ж» и «монта́ж по контра́сту». У меня́ одновреме́нно и «паралле́льный» и «по контра́сту».

Продавщи́ца улыба́ется и начина́ет взве́шивать мне виногра́д, отбира́я спе́лые гро́здья и выщи́пывая из них гнилы́е я́годы. Она́ так де́лает   20 потому́, что я не тре́бую для себя́ никако́го исключе́ния, и потому́, что я похо́ж на Смоктуно́вского.

с другóй сторонь́ – (here) on the other hand   выразитель – spokesperson

старик – an old man   вместо меня – in place of me

цель – goal

стрóго – sternly, strictly

подтвердить – to confirm   я тóлько что подошёл – I have just walked up

между прóчим – by the way   напрáсно – for no reason   обижáться – to be offended
укоризненно – reproachfully   отходить – to step away   предупреждáть – to warn
дождитесь послéднего – wait for someone to line up behind you
по своим делáм – about one's business

пообещáть – to promise

вь́разила своё отношéние мне в спину – expressed its feelings to my back

неудóбный – inconvenient

крóме тогó—besides that   останáвливаться – to stop

на … сторонé – on the side opposite to Nina's building

переходить дорóгу – to cross the road

стрáнность – eccentricity   напримéр – for example   всё равнó – nevertheless
худóй – thin, skinny   перевожý (переводить) – I translate
просить – to ask, to request   обещáть – to promise   чáстный – private
колúчество – quantity

тóнкая натýра – a delicate temperament

С другóй стороны́, мнóю заинтересовáлась óчередь, и вырази́телем её интерéсов яви́лся стари́к, котóрый дóлжен был получи́ть виногрáд вмéсто меня́ и тóже приготóвил для э́той цéли металли́ческий рубль.

— Молодóй человéк, — стрóго сказáл стари́к, — я вас что-то здесь не ви́дел…   5

— Прáвильно, — подтверди́л я. — Вы меня́ ви́деть не могли́, я тóлько что подошёл.

— А вы, мéжду прóчим, напрáсно обижáетесь, — укори́зненно замéтил стари́к. — Éсли вы отхóдите, нáдо предупреждáть. В слéдующий раз дожди́тесь послéднего, а потóм ужé иди́те по свои́м делáм.   10

— Хорошó, — пообещáл я.

Я взял виногрáд и пошёл. Óчередь энерги́чно вы́разила своё отношéние мне в спи́ну.

Ни́на живёт на ýлице Гóрького, за три останóвки от ры́нка. Я мог бы сесть на троллéйбус, но идý пешкóм, потомý что у меня́ неудóбные   15 дéньги: три копéйки и пять копéек. Крóме того, троллéйбус останáвливается на противополóжной Ни́ниному дóму сторонé, а я не люблю́ переходи́ть дорóгу.

Говоря́т, что я со стрáнностями. Я, напримéр, помнóгу ем, а всё равнó худóй. Перевожý расскáзы с одногó языкá на другóй, хотя́ об э́том меня́   20 никтó не прóсит и дéнег не обещáет. Не даю́ чáстных урóков, хотя́ об э́том меня́ прóсит большóе коли́чество людéй и обещáют по два пятьдеся́т за час.

Ни́на говори́т, что я тóнкая натýра и у меня́ нéрвы.

зави́сит не от во́зраста – depends not on one's age

осо́бенность – distinctive feature

пренебрежи́тельно – disdainfully   презира́ть – to despise

переу́лок – lane

снима́ться – to be filmed

печа́таться – to be published   зараба́тывать – to earn

предположи́м – let's suppose   обменя́ть – to exchange

ме́ньший – a smaller one   сшить – to sew (here: to have custom-made)

космети́чка – cosmetics person   пригота́вливать – to prepare

лицо́ – face

тот, что де́лает – the one that she makes   ба́ночка – small jar

реце́пт изготовле́ния – recipe for preparation   держа́ть – to keep

сто́ит … намекну́ть – it would suffice merely to hint   догада́ться – to guess

прост (short form of просто́й) – simple

гениа́льный – of genius   берётся – one takes

апте́ка – pharmacy   парфюме́рный – perfume

ба́ня – public bath   в зави́симости … доро́гу – depending on where it is more
convenient to drop in, in order not to have to cross the street

вы́пустить – to squeeze out

перемеша́ть – to stir up   па́лочка – a small stick

па́хнуть – to smell   нали́ть – to pour   одеколо́н – cologne

за́пах – a smell, aroma   разложи́ть – to distribute

Нинин папа — что в двадцать пять лет у человека нервов не бывает.

Нинина мама — что все зависит не от возраста, а от индивидуальных особенностей организма.

К моим индивидуальным особенностям она относится пренебрежительно. Презирает меня за то, что я живу в каком-то Шелапутинском переулке, а не в центре. За то, что я не из профессорской семьи, что у меня нет зимнего пальто, что я не снимаюсь в кино, не печатаюсь в газетах и зарабатываю меньше, чем она.

Чтобы понравиться Нининой маме, я, предположим, мог бы обменять свою комнату на меньшую и переехать на улицу Горького. Мог бы сшить себе хорошее пальто, напечататься в газете. Но заработать больше, чем Нинина мама, я не могу.

Нинина мама работает косметичкой. Дома она приготавливает крем для лица, но не для своего. Себе она покупает крем в польском магазине «Ванда», а тот, что делает, продаёт клиенткам по три рубля за баночку.

Рецепт изготовления Нинина мама держит в большом секрете — боится, что стоит лишь намекнуть, как все сразу догадаются и тоже захотят сами делать крем.

Я бы, например, смог, потому что знаю секрет. Он прост, как всё гениальное. Берётся два тюбика разного крема, по пятнадцать копеек за тюбик — можно купить в аптеке, в парфюмерном магазине, можно при банях, в зависимости от того, куда удобнее зайти, чтобы не переходить дорогу. Надо взять два тюбика, выпустить крем из одного, из другого, перемешать крем палочкой или ложкой — лучше палочкой, потому что ложка будет пахнуть, налить немного одеколона для запаха и аккуратно разложить по баночкам. Вот и всё.

при жела́нии – given the desire   замени́ть – to replace

на э́тот счёт – on that score   собственное мнение – personal opinion

дви́гаться – to move   досто́инство – dignity   ко́жа – skin

на меду́ – (are based) on honey

выска́зывать – to express, speak out   в нос – (here) nasally

на́ голову ни́же ма́мы – a head shorter than mama

в тех слу́чаях – in those cases

ссо́риться – to have a falling out

отноше́ния (pl) – relations   до сих пор – still

вы́яснены – clarified

Госпо́дь Бог … о ней – The Lord God charged me with caring for her

то ли … то ли – whether … or whether …

мне это ни к чему́ – it's pointless/unnecessary for me

необходи́мо – absolutely necessary, mandatory

представля́ть – to imagine   отры́висто – jerkily   смея́ться – to laugh

папиро́са – a kind of cigarette with a cardboard mouthpiece and no filter

отде́латься – to dump (lit. to undo oneself from)

переста́ть – to stop (doing something)

Открове́нно говоря́ – frankly speaking

сосчита́ть коли́чество звонко́в – to count the number of rings

По-мо́ему, не тяжело́, и ка́ждый при жела́нии мог бы замени́ть Ни́нину ма́му на её посту́. Но она́ име́ет на э́тот счёт со́бственное мне́ние, отли́чное от моего́. Дви́жется она́ с досто́инством, ко́жа у неё бе́лая — по́льские кре́мы, говоря́т, на меду́ и на лимо́нах. Со́бственные мне́ния, кото́рых у неё мно́го и все ра́зные, выска́зывает ме́дленно и в   5

нос.

Ни́нин па́па счита́ется в до́ме на́ голову ни́же ма́мы. Рабо́тает он инжене́ром. Пра́вда, он хоро́ший челове́к, но, как говори́т Ни́нина ма́ма, хоро́ший челове́к — не специа́льность, де́нег за э́то не пла́тят.

Я всё это понима́ю, поэ́тому хожу́ к Ни́не ре́дко — в тех слу́чаях, когда́ она́ больна́ и когда́ мы ссо́римся.   10

С Ни́ной мы знако́мы пять лет, но на́ши отноше́ния до сих пор не вы́яснены. За это вре́мя у нас бы́ло мно́го хоро́шего и мно́го плохо́го.

У меня́ тако́е чу́вство, бу́дто сам Госпо́дь Бог поручи́л мне забо́ту о ней. И я не зна́ю, то ли жить без э́того не могу́, то ли мне это ни к чему́. Я до сих пор не зна́ю, поэ́тому мы ссо́римся. Вчера́ сно́ва поссо́рились, и   15 я опя́ть не зна́ю, так ли необходи́мо идти́ к ней с цвета́ми. Но я представля́ю, как она́ отры́висто смеётся, ку́рит папиро́су за папиро́сой, говори́т всем, что наконе́ц-то отде́лалась от меня́, и не спит ночь. И вот я иду́ к ней по́сле рабо́ты, что́бы она́ переста́ла кури́ть и спала́ но́чью.

Открове́нно говоря́, когда́ мы ссо́римся, я начина́ю ду́мать о себе́   20 ху́же, чем это есть на са́мом де́ле, а о Ни́не лу́чше. Начина́ю смотре́ть глаза́ми Ни́ниной ма́мы. А мне хо́чется ви́деть себя́ глаза́ми Ни́ны.

Откры́ла мне сосе́дка — непра́вильно сосчита́ла коли́чество звонко́в.

прикреплён спи́сочек всех жильцо́в – there is affixed a list of all the residents

в алфави́тном поря́дке – in alphabetical order

проста́влено коли́чество звонко́в – the number of rings is listed

начина́ется она́ с бу́квы «я» – it begins with the letter "я"

есте́ственно – naturally

подхожу́ (подходи́ть) – I go up to, I approach   нажима́ть – to press

кно́пка – the bell, the button   ре́дко – infrequently   пережида́я – waiting

мультфи́льм – cartoon   высо́вываться – to stick out

голова́ – head

квартиросъёмщики – apartment renters   торопли́во – hurriedly

шевеля́ губа́ми – moving their lips

в спи́ске перед Ни́ниной – in the list before Nina's   отпира́ть – to unlock, open

черти́ть – to draw, sketch   нагну́вшись – hunching over

рисова́ть – to draw   кружо́к – small circle

величино́й … простыни́ – about half of a sheet in size

изрисо́ван … квадра́тиками – drawn all over with arrows, circles and rectangles

переста́ла черти́ть – she stopped drawing

вы́прямиться – to straighten herself up   покрасне́ть – to turn red, blush

неожи́данность – surprise, unexpectedness   ра́дость – joy   оби́да – offense

я заста́л её ненакра́шенной – I caught her without make-up

В кварти́ре Ни́ны живёт во́семь семе́й, и на двери́ прикреплён спи́сочек всех жильцо́в в алфави́тном поря́дке. Про́тив ка́ждой фами́лии проста́влено коли́чество звонко́в.

Про́тив Ни́ниной фами́лии — во́семь звонко́в, потому́ что начина́ется она с бу́квы «я» и стои́т, есте́ственно, после́дней.

5

Ка́ждый раз, когда́ подхожу́ к две́ри, я ду́маю, что если нажима́ть кно́пку ре́дко, пережида́я по́сле ка́ждого звонка́, то в кварти́ре, как в мультфи́льме, изо всех двере́й в алфави́тном поря́дке бу́дут высо́вываться го́ловы. Высо́вываться и слу́шать.

Я бы́стро звоню́ во́семь раз. Представля́ю, как при э́том все квартиросъёмщики броса́ют свои́ дела́ и начина́ют торопли́во счита́ть, шевеля́ губа́ми.

10

Сего́дня мне откры́ла сосе́дка, её фами́лия начина́ется с бу́квы «ш» и стои́т в спи́ске пе́ред Ни́ниной. Она́ ча́сто отпира́ет мне дверь, и мы хорошо́ знако́мы.

Когда́ я вошёл в ко́мнату, Ни́на черти́ла, нагну́вшись над столо́м, с у́мным ви́дом рисова́ла кружо́к. Весь лист величино́й с полови́ну простыни́ был изрисо́ван стре́лочками, кружка́ми и квадра́тиками.

15

Уви́дев меня́, Ни́на переста́ла черти́ть, вы́прямилась и покрасне́ла от неожи́данности, ра́дости, от оби́ды, кото́рая ещё жила́ в ней по́сле ссо́ры, и оттого́, что я заста́л её ненакра́шенной.

20

бесцеремо́нный – unceremonious   засте́нчивый – shy
ду́ра – fool (female)

поздоро́ваться – to greet   приве́тливее – more warmly, friendlier
прихвати́в соль – having grabbed the salt
в ку́рсе на́ших дел – is aware of our affairs

разде́ться – to take off coat, clothing   сел (сесть) – sat down (to sit down)
приняла́сь черти́ть – to get down to drawing

не́что тако́е – such a thing   раз и навсегда́ – once and for all

зли́ло её – it angered her

включён (включить) – turned-on   переда́ча – a program
де́йствующие ли́ца и их исполни́тели – the characters and their performers
вели́ ... стиха́х – they conducted an unforced friendly chat in verse
вре́мя от вре́мени – from time to time   кадр—a clip, a shot
принима́лся ... губа́ми – he undertook to move his lips diligently
изобража́ющий лётчика – who portrayed a pilot   спел (pf. спеть) – to sing
подо́бным о́бразом – in such a way   те́нор – tenor   бас – bass

ди́ктор – the announcer   перечисля́ть – to list
хорошо́ бы ... ра́дуга—it would be good if that whole company dreamed of a rainbow at night

отложи́ть – to lay aside   вы́держать – to endure, bear
пре́жде всего́ – first of all   уважа́ть – to respect, to esteem

Моя́ Ни́на быва́ет краси́вая и некраси́вая. Бесцеремо́нная и засте́нчивая. У́мная и ду́ра. Её люби́мый вопро́с: «Хорошо́ это или пло́хо?» — и ка́ждый раз я не зна́ю, как ей отве́тить.

Мать поздоро́валась со мной приве́тливее, чем обы́чно, и, прихвати́в соль, ушла́ на ку́хню. Я по́нял — она́ в ку́рсе на́ших дел. 5

Я разде́лся и сел на дива́н. Ни́на сно́ва приняла́сь черти́ть. Мы молча́ли.

Она́, ви́дно, собира́лась сказа́ть мне не́что тако́е, чтобы я по́нял раз и навсегда́, но ждала́, когда́ я начну́ пе́рвый. А я не начина́л пе́рвый, и это зли́ло её. 10

Телеви́зор был включён. Шла переда́ча «Встре́ча с пе́сней». За столо́м сиде́ли де́йствующие ли́ца и их исполни́тели, вели́ непринуждённую дру́жескую бесе́ду в стиха́х. Вре́мя от вре́мени все замолка́ли, за ка́дром включа́ли пе́сню — тогда́ оди́н из арти́стов принима́лся стара́тельно шевели́ть губа́ми. Арти́ст, изобража́ющий 15 лётчика, спел подо́бным о́бразом две пе́сни — одну́ те́нором, а другу́ю ба́сом.

Когда́ переда́ча зако́нчилась, ди́ктор стал перечисля́ть фами́лии тех, кто э́ту переда́чу гото́вил. Я поду́мал: хорошо́ бы всей э́той компа́нии присни́лась но́чью ра́дуга. 20

— Ва́ля! — Ни́на отложи́ла каранда́ш. Не вы́держала. — Пре́жде всего́ я хочу́ знать, за что ты меня́ не уважа́ешь?

Всё-таки лу́чше, е́сли бы она́ была́ то́лько у́мная.

стоя́ла как не зна́ю кто – I stood there like I don't know what

хотя бы соблюда́й прили́чия…—at least maintain decency

займствовать – to borrow, appropriate

перейти́ доро́гу – to cross the road   поворо́т – a turn

сверну́ть – to turn, to make a turn

ду́ра – a fool (female)

с удивле́нием—with surprise

брось (бро́сить) – stop! quit!   глу́пости – silliness, foolishness

заяви́ть – to declare   напра́сно—wrongly so   кру́глая ду́ра – a complete fool

потра́тить – to spend, to waste

пу́тать ка́рты – to mix up the cards

на ходу́ перестра́иваться – to revise on the fly

— С чего ты взяла́, что я тебя́ не уважа́ю?

— Мы договори́лись в семь. Я ждала́ до семи́ пятна́дцати, стоя́ла как не зна́ю кто... Я не говорю́ уже́ о любви́, хотя́ бы соблюда́й прили́чия...

После́днюю фра́зу Ни́на приду́мала не сама́, займ́ствовала её из неме́цкого фи́льма «Пока́ ты со мной» с Фи́шером в гла́вной ро́ли. 5

— Я пришёл в семь шестна́дцать, тебя́ не́ было, — сказа́л я.

— Почему́ ты пришёл в семь шестна́дцать, если мы договори́лись в семь?

— Я не мог перейти́ доро́гу: там, во́зле метро́, поворо́т — и не поймёшь, кака́я маши́на сверне́т, кака́я пое́дет пря́мо. 10

— Ну что ты врёшь?

— Я не вру.

— Зна́чит, счита́ешь меня́ ду́рой...

— Иногда́ счита́ю.

Ни́на посмотре́ла на меня́ с удивле́нием. По ее сцена́рию я до́лжен 15
был сказа́ть: «Брось говори́ть глу́пости, я никогда́ не счита́л тебя́ ду́рой».

Тогда́ бы она́ заяви́ла: «И напра́сно. Я действи́тельно кру́глая ду́ра, если потра́тила на тебя́ лу́чшие го́ды свое́й жи́зни».

Но я пу́тал ка́рты, и Ни́не пришло́сь на ходу́ перестра́иваться.

— И напра́сно... — сказа́ла она́. — Я всё ви́жу. Всё. 20

предложе́ние – an offer, a proposal

побледне́ть – to grow pale

ве́рить – to believe

перестра́иваться – to revise (her approach)

привы́к (привы́кнуть к чему́?) – you've gotten used to, grown accustomed

в казахста́нской степи́ – in the steppe of Kazakhstan
сайга́к – saiga (a goat antelope; breed typical of Central Asian steppe)
зверь – beast   оле́нь – raindeer   ма́монт – mamouth
вы́мереть – to die out, to go extinct   дре́внее происхожде́ние – ancient origin
ско́рость – speed

охо́титься – to hunt
грузови́к – a truck   попада́ет – lands in, winds up in   фа́ра – headlight
сверну́ть – to turn away   попа́сть в черноту́ – to land in darkness

представля́ю – I imagine
охо́титься на сайга́ка – to hunt for a saiga   вцепи́ться – to cling onto

Что там она́ ви́дит? Бу́дто де́ло в том, пришёл я в семь или в семь шестна́дцать. Гла́вное, что я не де́лаю предложе́ния.

— Что ты ви́дишь? — спроси́л я.

— То, что ты врёшь, — Ни́на побледне́ла сильне́е, наве́рное, действи́тельно не спала́ ночь.

— Когда́ я говорю́ пра́вду, ты не ве́ришь.

— Ты не ду́мал, что я вчера́ уйду́…

Я по́нял, Ни́на реши́ла не перестра́иваться, а про́сто сказа́ть мне всё, что пригото́вила для меня́ но́чью.

— Ты привы́к, что я тебя́ всегда́ жду. Пять лет жду. Но бо́льше я ждать не бу́ду. Поня́тно?

Вот тут бы на́до встать и сде́лать предложе́ние. Но я молчу́.

Где-то в казахста́нской степи́ есть сайга́ки — таки́е зве́ри, похо́жие на оле́ней. Я их ви́дел в кино́. Сайга́ки эти жи́ли ещё в одно́ вре́мя с ма́монтами, но ма́монты вы́мерли, а сайга́ки оста́лись и, несмотря́ на своё дре́внее происхожде́ние, бе́гают со ско́ростью девяно́сто киломе́тров в час.

Лёнька Чека́лин расска́зывал, как охо́тился но́чью с гео́логами на грузовике́. Е́сли сайга́к попада́ет в свет фар, он не мо́жет сверну́ть, наве́рное, потому́, что но́чью степь о́чень чёрная и сайга́к бои́тся попа́сть в черноту́.

Представля́ю, что он чу́вствует, когда́ бежи́т вот так, я о́чень хорошо́ представля́ю, поэ́тому не хоте́л бы охо́титься на сайга́ка. Но вцепи́ться в

ощути́ть всей ко́жей простра́нство – to sense the space with all your skin

ви́деть … зве́ря – to see the ancient beast running in a spot of bright light

меня́ не оста́вили – they hadn't left me

куро́ртных … Кавка́за – the resort cities of Crimea and the Caucasus

хоть бы раз показа́л – if just once you'd show them

Лёнька – nickname from Леони́д

засмея́ться – to burst out laughing

соску́читься – to be lonesome, to miss   невероя́тный – unlikely, improbable

обнима́ть – to embrace   огляну́ться – to look back

прижа́ть её к себе́ – to draw her close to myself   дыха́ние – breath   шея – neck

если мне повезёт, то я услы́шу… – if I am lucky, then I will hear

борт грузовика́, ощути́ть всей ко́жей простра́нство и ви́деть в вы́светленном пятне́ бегу́щего дре́внего зве́ря я бы хо́тел.

Е́сли бы меня́ по́сле институ́та не оста́вили в Москве́, я, мо́жет, уви́дел бы всё э́то свои́ми глаза́ми. Но меня́ оста́вили в Москве́, и я бою́сь, что тепе́рь никуда́ не пое́ду. А е́сли женю́сь на Ни́не, то вообще́, кро́ме Москвы́ и Моско́вской о́бласти, а та́кже куро́ртных городо́в Кры́ма и Кавка́за, ничего́ не уви́жу.

Ни́на ждала́, что я отве́чу, но я молча́л.

— И вообще́ ты врёшь, бу́дто перево́дишь по вечера́м, — гру́стно сказа́ла она́. — Где твои́ перево́ды? Хоть бы раз показа́л…

— Нет никаки́х перево́дов. Я по вечера́м к Лёньке хожу́, а иногда́ в рестора́н.

— Я серьёзно говорю́, — Ни́на подошла́ ко мне. — Ты куда́-то ухо́дишь, я… ну, в о́бщем, пра́вда, покажи́ мне свои́ перево́ды.

— Да нет никаки́х перево́дов, — сказа́л я серьёзно. — Я к Лёньке хожу́, а тебя́ не беру́, ты мне и так за пять лет надое́ла. Там други́е де́вушки есть.

Ни́на засмея́лась, се́ла во́зле меня́, и я почу́вствовал вдруг, что соску́чился. Мне да́же невероя́тным показа́лось, что когда́-то я обнима́л её. Ни́на бы́стро огляну́лась на дверь. Я прижа́л её к себе́, услы́шал дыха́ние на свое́й ше́е, поду́мал — пра́вда.

— Дура́к, вот ты кто.

Э́ту фра́зу Ни́на не плани́ровала, и э́то была́ её пе́рвая у́мная фра́за. День ещё не ко́нчился, и е́сли мне повезёт, то я услы́шу втору́ю.

меня уса́живают обе́дать – they seat me for dinner

разлива́я – pouring

переводи́ла глаза́ с меня́ на Ни́ну – she shifted her eyes from me to Nina

разольёшь (разли́ть) – you'll pour it out all over   предупреди́ть – to warn

«комильфо́» – comme il faut (French) – as one ought

пребыва́ть в неизве́стности – to remain in ignorance, remain in the dark

суп … вку́сный – you couldn't exactly call the soup tasty

после́днйи хам – the lowest boor   ха́ять – to criticize harshly

положе́ние – position, situation   неприли́чнее – more indecent, improper

надо мно́й – above/over me   ра́дуга – rainbow

побьёт (поби́ть) реко́рд – will break a record

В шесть часо́в пришёл оте́ц, и все се́ли за стол. В после́днее вре́мя ка́ждый раз, когда́ я прихожу́, меня́ уса́живают обе́дать.

Разлива́я суп, Ни́нина ма́ма переводи́ла глаза́ с меня́ на Ни́ну, с Ни́ны на меня́. Ей хоте́лось поня́ть по на́шим ли́цам, помири́лись мы и́ли нет.

— Разольёшь, — предупреди́л оте́ц. Он сиде́л за столо́м в пижа́мных 5 штана́х, хотя́ жена́ ка́ждый раз говори́ла ему́, что э́то не «комильфо́».

Ни́нина ма́ма так ничего́ и не поняла́ по на́шим ли́цам. Пребыва́ть в неизве́стности она́ бо́льше не могла́, поэ́тому спроси́ла:

— Ну как?

Ни́на покрасне́ла. 10

— Ма́ма!

— Ну как суп, я спра́шиваю. Ва́ля, как вам суп?

Суп был нельзя́ сказа́ть чтобы вку́сный, но лу́чше, чем те, кото́рые я ем в шко́ле.

— Ничего́, — сказа́л я. 15

Ни́нина ма́ма посмотре́ла на меня́ с удивле́нием, потому́ что то́лько после́дний хам мо́жет есть и ха́ять то, что ему́ даю́т. Быва́ют таки́е положе́ния, в кото́рых говори́ть пра́вду неприли́чнее, чем врать. Но сего́дня на́до мной висе́ла ра́дуга.

— О́чень вку́сный, ма́мочка, — бы́стро сказа́ла Ни́на. 20

Это была́ её сле́дующая у́мная фра́за. Е́сли так пойдёт де́ло, то сего́дня Ни́на побьёт реко́рд.

орлы́ напа́ли на самолёт – eagles attacked an airplane

вряд ли – hardly   из соображе́ний та́кта – from considerations of tact

совме́стный – joint   вы́учить на па́мять – to memorize

лете́ть – to fly   самолёт – airplane   гора́ – mountain
оди́н … самолёт – one eagle gained speed and (flew) right at the plane

нетерпели́во – impatiently   заёрзать – to fidget

ка́мнем (ка́мень) – like a stone, like a dead weight
с проломлённой гру́дью – with a smashed chest   улете́ть – to fly away

заме́тить – to note
бро́ситься гру́дью – to throw oneself chest first at

гляде́ть куда́-то сквозь сте́ну – to look off somewhere through a wall

— Ва́ля, вы чита́ли в «Пра́вде», как орлы́ напа́ли на самолёт? — спроси́л оте́ц.

Вряд ли он спроси́л это из соображе́ний та́кта. Про́сто знал, что сле́дующий вопро́с о су́пе жена́ предло́жит ему́, за два́дцать пять лет совме́стной жи́зни он вы́учил на па́мять все её вопро́сы и отве́ты.

— Чита́л, — сказа́л я.

— Что, что тако́е? — заинтересова́лась Ни́на.

— Лете́л пассажи́рский самолёт где-то в гора́х, ка́жется. А навстре́чу ему три орла́. Оди́н орёл разогна́лся — и пря́мо на самолёт.

— Идио́т! — сказа́ла Ни́нина ма́ма.

— Ну, ну… — Ни́на нетерпели́во заёрзала на сту́ле.

— Ну и упа́л ка́мнем с проло́мленной гру́дью, а те два улете́ли, — зако́нчил оте́ц.

— На́до ду́мать, — заме́тила Ни́нина ма́ма, кото́рая то́же улете́ла бы, будь она на ме́сте тех двух орло́в. — То́лько после́дний дура́к бро́сится гру́дью на самолёт.

— Это хорошо́ или пло́хо? — Ни́на посмотре́ла на меня́.

— Для орла́ пло́хо, — сказа́л я.

— Ничего́ ты не понима́ешь… — Ни́на ста́ла гляде́ть куда́-то сквозь сте́ну, как Па́влов сквозь меня́, а я заду́мался: действи́тельно, хорошо́ это или пло́хо? Мог бы я бро́ситься гру́дью на самолёт или улете́л, как те два орла́?..

пти́ца – bird

забы́тый кусо́чек – forgotten piece

лицо́ растро́ганное и вдохнове́нное – a touched and inspired face

светлозелёный – light green　　промы́тый – washed

обща́ться – to socialize, talk with

о своём – about their own issues

вслух – aloud

несмотря́ ... зарпла́ту – despite a child, an ulcer, and a low salary

не посмотре́л бы – I wouldn't have cared about

возмуща́ться – to be indignant

я бы ра́ньше ушёл – I'd have left sooner

засмея́ться – to burst out laughing

улыбну́ться – to smile

ничего́ смешно́го – nothing funny

— Представляешь, — медленно проговорила Нина, — наверное, он решил, что это птица.

Она глядела сквозь стену: в руках забытый кусочек хлеба, лицо растроганное и вдохновённое, глаза светлозелёные, чистые, будто промытые. Если бы знать, что она может поехать за сайгаками, я согласился бы просидеть в этой комнате всю жизнь и никуда не ездить. Согласился бы каждый день общаться с её мамой, каждый день встречать в школе Сандю — только бы знать, что Нина может поехать.

Все думали о своём и молчали, кроме Нининой мамы. Она, очевидно, думала о том, сделаю я сегодня предложение или нет, а вслух рассказывала про соседа, который ушёл от жены к другой женщине, несмотря на ребёнка, язву желудка и маленькую зарплату.

Фамилия этого человека начиналась с буквы «а», звонить ему надо было один раз, поэтому в лицо я его не видел. А жену видел и на месте соседа тоже не посмотрел бы на язву желудка и на маленькую зарплату.

— Прожить десять лет и… как вам это нравится?! — возмущалась Нинина мама.

— Мне нравится, — сказал я. — На месте вашего соседа я бы раньше ушёл.

Нина засмеялась.

— А как же, по-вашему, ребёнок? — поинтересовалась мать.

Отец улыбнулся в тарелку.

— Уходят от жены, а не от ребёнка.

Нина снова засмеялась, хотя я ничего смешного не сказал.

ведь – after all   существу́ют (существова́ть) – to exist

подходя́щие слова́ – appropriate words   заскрипе́ть – to squeak   мозги́ – brains

подсказа́ть – to prompt

откли́кнуться – to respond   испу́ганно – frightenedly

существу́ют но́рмы – there exist norms, standards

долг поря́дочной же́нщины – the duty of a decent woman   соблюсти́—to follow

их друг от дру́га тошни́т – they make each other nauseous

подави́ться – to choke   зака́шляться – to cough

махну́ть руко́й – to wave it away, to shoo away with one's hand

звать – to call, to invite

ро́дственники – relatives

захохота́ть – to laugh loudly

ве́чно – eternally

оригина́льничать – to be clever   стара́ться – to try

произвести́ впечатле́ние – to make an impression

стара́лся … есть – I tried to be the kind of person that I am

приня́ть всерьёз – to take seriously

— Но ведь существу́ют… — Ни́нина ма́ма ста́ла иска́ть подходя́щие слова́. Мне показа́лось, я да́же услы́шал, как заскрипе́ли её мозги́.

— Но́рмы, — подсказа́л оте́ц.

— Но́рмы, — откли́кнулась Ни́нина ма́ма и испу́ганно посмотре́ла на меня́.

Я до́лжен был бы сказа́ть, что, коне́чно, существу́ют но́рмы и долг поря́дочной же́нщины стро́го их соблюсти́. Но я сказа́л:

— Каки́е там но́рмы, е́сли их друг от дру́га тошни́т?

Оте́ц хоте́л что-то сказа́ть, но тут он подави́лся и зака́шлялся.

Жена́ хоте́ла заме́тить ему́, что э́то не «комильфо́», но то́лько махну́ла руко́й и бы́стро проговори́ла:

— Дя́дя Бо́ря звал в воскресе́нье на обе́д. Пойдём?

Зна́чит, меня́ собира́ются предста́вить бу́дущим ро́дственникам.

— А сего́дня вас дя́дя не звал? — спроси́л я.

— При чём тут сего́дня? — не по́нял оте́ц.

— Ни при чём. Про́сто я жду, мо́жет, вы уйдёте…

Ни́на бро́сила ви́лку и захохота́ла, а Ни́нина ма́ма сказа́ла:

— Ве́чно э́ти молоды́е выдрю́чиваются.

«Выдрю́чиваться» в перево́де на ру́сский язы́к обознача́ет «оригина́льничать, стара́ться произвести́ впечатле́ние».

Стра́нно, сего́дня я це́лый день то́лько и стара́лся быть таки́м, како́й есть, а меня́ никто́ не при́нял всерьёз. Контролёрша поду́мала, что я её

разы́грывать – to play a joke on　коке́тничать – to flirt

обижа́ться – to be offended, feel hurt　остри́ть – to be witty

оста́ться – to remain　вдвоём – together, in a pair

как то́лько закро́ется дверь – as soon as the door closes

обнима́ть – to embrace, to hug　слу́чай – case, incident

досто́йный отпо́р – a worthy rebuff

«Ты … го́рничная» – You are behaving as if I were a maid.

оби́деть – to offend　поджа́в гу́бы – having pursed her lips

гремя́ таре́лками – rattling the plates

вспомина́ть – to recall　цветы́ – flowers

протяну́ть – to hand over

растеря́ться – to lose one's head

чуть … таре́лка – the plate almost fell out of her hands

хотя́ … что – although there was nothing to look at there

подошла́ (подойти́) – to approach, go up to　се́ла (сесть) – to sit down

прижа́лась … плечу́ – she pressed her face to my shoulder　щека́ – cheek

во́лосы – hair

подня́ть – to lift up　обня́ть – to embrace, hug

не научи́лся … мы́слей – I haven't learned to understand her train of thoughts

разы́грываю, Ве́ра Петро́вна — что коке́тничаю, стари́к реши́л, что я обижа́юсь, Ни́на уве́рена, что я острю́, а Ни́нина ма́ма — что «выдрю́чиваюсь».

То́лько де́ти по́няли меня́ ве́рно.

Роди́тели ушли́. Мы оста́лись с Ни́ной вдвоём.   5

Ни́на, наве́рное, ду́мала, что сейча́с же, как то́лько закро́ется дверь, я бро́шусь её обнима́ть, и да́же пригото́вила на э́тот слу́чай досто́йный отпо́р, вро́де: «Ты ведёшь себя́ так, бу́дто я го́рничная». Но дверь закры́лась, а я сиде́л на дива́не и молча́л. И не броса́лся.

Э́то оби́дело Ни́ну. Поджа́в гу́бы, она́ ста́ла убира́ть со стола́,   10
демонстрати́вно гремя́ таре́лками.

Я вспо́мнил, что у меня́ в портфе́ле лежа́т для неё цветы́, доста́л их, мо́лча протяну́л.

Ни́на так растеря́лась, что у неё чуть не вы́пала из рук таре́лка. Она́
взяла́ цветы́ двумя́ рука́ми, смотре́ла на них до́лго и серьёзно, хотя́ там   15
смотре́ть бы́ло не́ на что. Пото́м подошла́, се́ла ря́дом, прижа́лась лицо́м к
моему́ плечу́. Я чу́вствовал щеко́й её мя́гкие, тёплые во́лосы, и мне
каза́лось, что мог бы просиде́ть так всю свою́ жизнь.

Ни́на подняла́ го́лову, обняла́ меня́, спроси́ла таки́м то́ном, бу́дто
чита́ла стихи́:   20

— Пойдём в воскресе́нье к дя́де Бо́ре?

За пять лет я так и не научи́лся понима́ть ход её мы́слей.

шéя – neck

ждать оказáлось хýже – waiting turned out to be worse

снять трýбку – to take up the (phone) receiver

рóбко ... прóвода – they hesitantly asked from the other end of the line

скотúна – beast, animal (offensive name for a person)

донёсся ... баритóн – the baritone that had instantly grown stronger reached me

поздорóваться – to say «Здрáвствуйте» to someone

ослы́шаться – to mishear, not to hear

с умá сошёл (с умá сойтú) – to go crazy   úскренне – sincerely

вéжливый – polite

отодвúнуться – to move aside

у меня́ трýбку рвут – they're tearing the receiver away from me

бы́ло скáзано – it was said

— Де́нег не бу́дет — пойдём.

— Како́й ты ми́лый сего́дня! Необы́чный.

— Не вру, вот и необы́чный.

Зазвони́л телефо́н. Ни́нины ру́ки лежа́ли на мое́й ше́е, и я не хоте́л вставать, Ни́на — то́же. Мы сиде́ли и жда́ли, когда́ телефо́н замолчи́т.   5

Но ждать оказа́лось ху́же. Я снял тру́бку.

— Прости́те, у вас случа́йно Ва́ли нет? — ро́бко спроси́ли с того́ конца́ про́вода. Я узна́л го́лос Лёньки Чека́лина.

— Случа́йно есть, — сказа́л я.

— Скоти́на ты - вот кто! — донёсся до меня́ момента́льно окре́пший   10 барито́н. Лёнька тоже узна́л меня́. Я вспо́мнил, что обеща́л быть у него́ ве́чером.

— Здра́вствуй, Лёня, — поздоро́вался я.

— Чего́-чего́? — моему́ дру́гу показа́лось, что он ослы́шался, потому́ что таки́е слова́, как «здра́вствуй», «до свида́ния», «пожа́луйста», он   15 позабы́л ещё в шко́ле.

— Здра́вствуй, — повтори́л я.

— Ты с ума́ сошёл? — и́скренне поинтересова́лся Лёня.

— Нет, про́сто я ве́жливый, — объясни́л я.

— Он, ока́зывается, ве́жливый, — сказа́л Лёнька, но не мне, а кому́-то   20 в сто́рону, так как го́лос его́ отодви́нулся. — Подожди́, у меня́ тру́бку рвут, это бы́ло ска́зано мне.

щёлкнуть – to click   дыха́ние – breathing   же́нский голос – a woman's voice
позва́ть – to call

тем бо́лее – all the more so

сиде́ть за мое́й спино́й – to sit behind my back
привы́к беспоко́иться – I have become used to worrying about
положи́ть тру́бку – to put down the phone receiver

вы́дохнуть – to breathe out, to burst out

чуть не попа́ла под грузови́к – as if she had almost been run over by a truck

выноси́ть на ку́хню посу́ду – to carry the dishes out to the kitchen

входи́ла и выходи́ла – she came in and went out   настрое́ние – mood

с удивле́нием – with surprise

обнару́жить – to discover   злой – evil, mean
удо́бно – comfortable   в мелоча́х – in the small things
врать … гла́вном – one lies in small things, you will lie by inertia in the main
things

преиму́щество – advantage   очеви́дны – obvious

оштрафу́ет (оштрафова́ть) – will fine   вы́гонит (вы́гнать) – will drive out
вы́гнать с рабо́ты – to fire (from job)

В трубке щёлкнуло, потом я услышал дыхание, и высокий женский голос позвал:

— Валя!

Меня звали с другого конца Москвы, а я молчал. Врать не хотел, а говорить правду — тем более.   5

Сказать правду — значило потерять Нину, которая сидит за моей спиной и о которой я привык беспокоиться. Я положил трубку.

— Кто это? — выдохнула Нина. У неё были такие глаза, как будто она чуть не попала под грузовик.

— Женщина, — сказал я.   10

Нина встала, начала выносить на кухню посуду.

Она входила и выходила, а я сидел на диване и курил. Настроение было плохое, я не понимал почему: я прожил день так, как хотел, никого не боялся и говорил то, что думал. На меня, правда, все смотрели с удивлением, но были со мной добры.   15

Я обнаружил сегодня, что людей добрых гораздо больше, чем злых, и как было бы удобно, если бы все вдруг решили говорить друг другу правду, даже в мелочах. Потому что, если врать в мелочах, по инерции соврёшь и в главном.

Преимущества сегодняшнего дня были для меня очевидны, однако   20
я понимал, что если завтра захочу повторить сегодняшний день — контролёрша оштрафует меня, Вера Петровна выгонит с работы, старик — из очереди, Нина — из дому.

иначе – otherwise   клади трубку (класть трубку) – put down the receiver

чашки – cups

пожать плечами – to shrug one's shoulders

дурак – fool (male)

очевидно – is obvious   недобрать – to collect less than full share; to miss, lack

однако – however   степь – steppe (high prairie)

пройдёт несколько лет – a few years will go by

превращусь (правратиться) – to turn into

тонкая натура – delicate temperament   неудачник – a failure, a loser

ломать всю свою жизнь – to break my whole life

Нина было засмеялась – Nina was on the verge of laughing

покраснеть – to blush   опустить голову – to lower one's head

понести – to carry   сделать ей предложение – to propose to her

Оказывается, говорить правду можно только в том случае, если живёшь по правде. А иначе — или ври, или клади трубку.

В комнату вошла Нина, стала собирать со стола чашки.

— Ты о чём думаешь? — поинтересовалась она.

— Я думаю, что жить без вранья лучше, чем врать.   5

Нина пожала плечами.

— Это и дураку ясно.

Оказывается, дураку ясно, а мне нет. Мне вообще многое неясно из того, что очевидно Санде, Нининой маме. Но где-то я недобрал того, что очевидно Лёньке.   10

Лёнька закончил институт вместе со мной и тоже нужен был в Москве двум женщинам. Однако он поехал в свою степь, а я нет. Я только хотел.

Пройдёт несколько лет, и я превращусь в человека, «который хотел». И Нина уже не скажет, что я тонкая натура, а скажет, что я   15 неудачник.

— Ты что собираешься завтра делать?

— Ломать всю свою жизнь.

Нина было засмеялась, но вдруг покраснела, опустила голову, быстро понесла из комнаты чашки. Наверное, подумала, что завтра я собираюсь   25 сделать ей предложение.

1964

Exercises and Activities

Часть 1

Вопро́сы к те́ксту

Complete these activities after reading pages 17/line 1 through 19/line 5. (From now on line numbers in the story text will be indicated as follows: 17/1–19/5.)

1-1)   Расска́зчик (the narrator) в э́том расска́зе — … (select one)

де́вушка   же́нщина   ба́бушка

молодо́й челове́к   мужчи́на   стари́к

1-2)   a.   Что вы ду́маете о расска́зчике?

What do we learn in this first section about the main character? Circle any words below that you find appropriate. Be able to point to something in the text to justify your choices.

бога́тый	счастли́вый	серьёзный	энерги́чный
бе́дный	у́мный	с чу́вством ю́мора	лени́вый
тала́нтливый	глу́пый	до́брый	злой
краси́вый	симпати́чный	неприя́тный	ми́лый

You might start your responses:

Я ду́маю, что расска́зчик …, потому́ что …
Я счита́ю, что расска́зчик …, потому́ что …
Мне ка́жется, что расска́зчик …, потому́ что …
По-мо́ему расска́зчик …, потому́ что …

b.   Add any other descriptive words or phrases that you find
     appropriate.

1-3)   Действие рассказа (the action of the story) начинается:

   утром   днём   вечером   ночью

Слова, слова, слова

In reading this text, you will be exposed to a large number of new words. Try to
learn the words that seem to repeat regularly. Another strategy for learning
new words is to connect them with a word that you already know. Since
Russian uses a system of roots, prefixes and suffixes to build words, you should
look for familiar roots when you come across new words. Knowing the meaning
of one word can help you guess the meaning of another word based on the
same root.

1-4)   a.   Look at the word clusters below and use them to complete the
            Russian sentences below.

врать (я вру, ты врёшь) to lie	враньё lying, lies	врун liar
сон sleep/dream	во сне in a dream	мне приснилось I dreamed
приходить/прийти to come, to arrive on foot	приход arrival	

1.   Я ему не верю. Всё, что он нам говорит, _____.

2.   Честное слово! Поверь мне! Я тебе не _____.

3.   Зима в этом году очень длинная. Мы все так ждём

     _____ весны.

4. Мне _____, что мы бога́тые и живём в

огро́мном до́ме. Как жа́лко, что это был то́лько _____.

5. Де́ти на на́шей у́лице не лю́бят Во́ву, потому́ что он

_____. Они́ зна́ют, что он никогда́ не говори́т

пра́вду.

b. Use the above words in a sentence or two of your own.

1-5) The Russian word **СЧА́СТЬЕ** has a range of English equivalents. Look it up in a Russian-English dictionary and note its different meanings. Which meaning seems to be the main one used in the first page of the story?

Понима́ем и обсужда́ем текст

1-6) At the end of this episode the narrator says «вру сли́шком ча́сто… врут тогда́, когда́ боя́тся». How do you understand this line? Translate this comment. Do you agree with this sentiment?

1-7) If the narrator believes «врут тогда́, когда́ боя́тся,» what conclusions can we draw when he states «сего́дня никого́ боя́ться не бу́ду»?

О языке́ и культу́ре

1-8) Tokareva has Valentin compare his girlfriend Nina with Sirimavo Bandaranaike, a figure who was much in the news in the 1960s. Bandaranaike (1916–2000) became the first female prime minister in the world, when she was elected to that post in Sri Lanka in 1960.

Повторя́ем

1-9)   Below you will find a condensed paraphrase of the first section of the story. Fill in the blanks with any appropriate word. If you need to, you can pick words from the word bank at the bottom of this page. Note that it has three extra words.

Утром

Но́чью Валенти́н ви́дел о́чень краси́вый сон. Во сне он

_____(1) две ра́дуги, и ему́ бы́ло о́чень хорошо́, гора́здо лу́чше,

_____(2) в жи́зни. Обы́чно в жи́зни у него́ о́чень мно́го

_____(3).

Когда́ Валенти́н просну́лся, он посмотре́л на часы́ и по́нял,

_____(4) он опа́здывает на рабо́ту. Е́сли он хо́чет прийти́ на

_____(5) во́время, ему́ на́до бы́стро оде́ться и бежа́ть на

остано́вку _____(6). У него́ нет вре́мени для того́, чтобы

почи́стить зу́бы и _____(7).

Пока́ он об э́том ду́мал, ему́ позвони́ла Ни́на. Она́ _____(8)

знать, придёт ли Валенти́н к ней ве́чером. Валенти́н не _____(9),

что сказа́ть, но отве́тил, что придёт.

По́сле разгово́ра с _____(10), он поду́мал, что в после́днее

вре́мя он ча́сто бои́тся _____(11) пра́вду. Ему́ э́то не нра́вилось,

и он реши́л, что _____(12) он никого́ боя́ться не бу́дет и бу́дет

говори́ть то́лько _____(13).

у́лицу	хоте́ла	сего́дня	чем
что	вру	ви́дел	тролле́йбуса
знал	пробле́м	говори́ть	поза́втракать
рабо́ту	мог	пра́вду	Ни́ной

Часть 2

Вопро́сы к те́ксту

Before reading the second episode in the narrator's day (pp. 19/6–25/8), look through the comprehension questions below. Use these questions as a guide to identifying the main points that surface in this part of the text. After your first reading, try to answer these in Russian as best as possible by using words, phrases or sentences from the text.

2-1)   p. 19/8–12. The narrator here is reflecting on life in a big city at 10 am. Compare his impressions with yours, imagining that you are in the downtown of big city (Chicago/New York/San Francisco) on a weekday morning at 10 am.

Расска́зчик замеча́ет, что …	В 10 часо́в утра́ в бу́дний день в большо́м америка́нском го́роде

2-2)   What do we learn about his current job? What is his dream job?

2-3)   What do we learn about his education?

2-4)   What words does the narrator use to describe the old woman in the bus with him? (Copy exact words and phrases from the text.)

2-5)   What conclusion(s) does he mentally draw from this physical description? (Copy exact phrase from the text.)

Слова́, слова́, слова́

2-6) *Word Clusters.* Using the given word, try to guess the meaning of the related words or phrases. Check a dictionary if you are uncertain.

Strategy: It will help you to compare the parts of speech of the related words. For example, *-ова-ть* is a suffix that takes a noun and makes it into a verb; *-чик* is a noun suffix usually indicating a person; *-ный* is usually an adjective suffix, etc.

штраф – a fine   штрафова́ть/оштрафова́ть

_____

остано́вка – a stop   остана́вливаться/останови́ться

_____

неде́ля – week   неде́льный _____

ме́сяц – month   ме́сячный _____

год – year   годово́й _____

три копе́йки – 3 kopecks   трёхкопе́ечная моне́та

_____

пять копе́ек – 5 kopecks   пятикопе́ечная моне́та

_____

перево́д – a translation   переводи́ть/перевести́ _____

переводчик _____

зна́чит – it signifies   значи́тельный _____

незначи́тельный _____

Понима́ем и обсужда́ем текст

Reread this episode in the text, paying particular attention to the narrator's thoughts on the following questions.

2-7)   p. 19/15–17. How much does the narrator work per week? How much would he like to work? What keeps him from making that change?

2-8)   Are his fiancee and her family happy with him? What phrase(s) hint(s) at their relationship?

2-9)   p. 25/1–4. The author here uses several statements typical of Soviet propaganda/slogans of the time. They are given here with English translations.

---

a.   Роль дове́рия на совреме́нном эта́пе к челове́ку
     = The role of trust in people at the current stage (of development)

b.   При́нцип «доверя́й и проверя́й»
     = The principle "trust and verify"

c.   … при́званы повыша́ть созна́тельность гра́ждан
     = … are called to raise the level of consciousness of the citizens

---

Who is thinking these things? What word(s) in the text signal(s) this?

2-10) Who "wins" the confrontation? Find a line or two in the text to prove your point.

О языке́ и культу́ре

2-11) pp. 21–23. This scene will make more sense if you know that in Moscow's public transportation at this time there was an "honor" system of payment. The fare for trolleybuses (тролле́йбусы) was 4 kopecks; after boarding, you dropped your coins into a cashbox (ка́сса) with a glass cover, and then you turned a knob to get your numbered paper ticket (биле́т). From time to time контролёры would board the trolleybus to check passengers' tickets. If you didn't have a valid ticket, you would pay a fine (штраф) equivalent to 10 times the fare.

2-12) The narrator mentions that he thinks he looks like the Russian actor Innokentii Smoktunovskii. Find an image of this actor by doing a picture search on a Russian search engine such as http://www.google.ru/ or by going to the page: http://www.peoples.ru/art/cinema/actor/smoktunovsky/photo.html

Is this how you pictured the narrator?

Повторя́ем

2-13) Complete the text so that it accurately summarizes the second section of the story by filling in the blanks with the most appropriate word for the context. If you cannot think of an appropriate word for the blank, consult the word bank at the end of the passage.

В тролле́йбусе

В тролле́йбусе, в кото́ром Валенти́н е́хал на рабо́ту, бы́ло

_____(1) наро́ду. Валенти́ну на́до было спеши́ть, потому́ что в

два́дцадь _____(2) оди́ннадцатого он до́лжен был быть на

рабо́те и _____(3) уро́к.

Валенти́н рабо́тал учи́телем францу́зского языка́, но он _____(4)

люби́л свою́ рабо́ту. Он мечта́л стать перево́дчиком _____(5)

писа́телем.

Биле́т в тролле́йбусе сто́ил четы́ре копе́йки, но у

_____(6) бы́ло то́лько две моне́ты—пять копе́ек и три

_____(7). Валенти́ну бы́ло жа́лко броса́ть в ка́ссу пять

копе́ек. _____(8) он бро́сил то́лько три, споко́йно взял биле́т

и _____(9) напро́тив ка́ссы. Валенти́ну каза́лось, что никто́ не

ви́дел, _____(10) он заплати́л за биле́т.

Пока́ он ду́мал о свое́й _____ (11) Ни́не, же́нщина,

кото́рая сиде́ла напро́тив и чита́ла газе́ту, _____ (12) спроси́ла

Валенти́на, ско́лько он заплати́л за прое́зд.

Валенти́н _____ (13), что э́то не про́сто же́нщина, а

контролёр. Он отве́тил _____ (14), что бро́сил то́лько три

копе́йки.

Контролёр хоте́ла знать, _____ (15) Валенти́н опусти́л в

ка́ссу то́лько три копе́йки, е́сли биле́т _____ (16) четы́ре

копе́йки. Валенти́н объясни́л ей, что ему́ бы́ло жа́лко

_____ (17). Контролёр удиви́лась, потому́ что она́ не привы́кла

слы́шать пра́вду, _____ (18) разгова́ривала с пассажи́рами.

Она́ хоте́ла напуга́ть Валенти́на и _____ (19), что мо́жет

взять с него́ штраф. Но в тот _____ (20) Валенти́н реши́л

никого́ и ничего́ не боя́ться, поэ́тому он _____ (21) пра́вду.

Контролёр не могла́ пове́рить, что он пожале́л де́нег и

_____ (22) сказа́л об э́том. Она́ сно́ва спроси́ла Валенити́на, не

забы́л _____ (23) он бро́сить в ка́ссу ещё одну́ копе́йку. Но Валенти́н

_____ (24), что он не забы́л, а про́сто пожале́л де́нег.

Контролёр _____ (25) ещё не встреча́ла пассажи́ров,

кото́рые не боя́лись говори́ть _____ (26).

Но Валенти́н был необы́чный пассажи́р. Поэ́тому контролёр

призна́лась ему́, _____ (27) она́ совсе́м не лю́бит брать штраф.

Же́нщина пожа́ловалась _____(28), что мно́гие

пассажи́ры беру́т биле́ты, но броса́ют в ка́ссу _____(29)

де́нег, чем ну́жно, и́ли совсе́м ничего́ не пла́тят.

В _____(30) концо́в контроле́р реши́ла не брать штраф с

э́того необы́чно _____(31) пассажи́ра. Она́ оста́вила

Валенти́на в поко́е, прошла́ вперёд и _____(32) на свобо́дное

ме́сто.

Когда́ тролле́йбус останови́лся, Валенти́ну ста́ло жа́лко

_____(33). Он бро́сил в ка́ссу пять копе́ек, кото́рые

пожале́л ра́ньше и _____(34) из тролле́йбуса.

сказа́л / сказа́ла	конце́ мину́т	когда́ ли	ма́ло че́стно (2x)
отве́тил	пра́вду	почему́	че́стного
сел / се́ла	неве́сте	что	ме́ньше
вы́шел	копе́йки	не	стро́го
ско́лько	контролёра	и́ли	никогда́
сто́ит нача́ть	Валенти́на / Валенти́ну	поэ́тому	
по́нял	день		
	де́нег		

Часть 3

Вопро́сы к те́ксту

3-1)   Before reading pages 25/9–37/24, complete the first two tasks.

The narrator teaches French in a fifth grade class in a Soviet school. The entries in the table below represent actions and situations that could happen in any grade school classroom. Based on your experience and imagination, decide how frequently each event is likely to happen in a contemporary American school and in a Soviet school of the 1960s by writing in the words: НИКОГДА́, РЕ́ДКО, ЧА́СТО, КА́ЖДЫЙ ДЕНЬ in each cell. When you finish with the survey, compare your answers with those of your classmates and your teacher.

	В америка́нской шко́ле	В сове́тской шко́ле
1. Учи́тель проверя́ет (checks), кто сде́лал дома́шнее зада́ние.		
2. Учи́тель вызыва́ет (calls up to) ученико́в к доске́.		
3. Ученики́ пи́шут контро́льную рабо́ту.		
4. Ученики́ передаю́т друг дру́гу запи́ски (notes).		
5. Ученики́ встаю́т и хо́дят по кла́ссу во вре́мя уро́ка.		
6. Ученики́ не слу́шают учи́теля.		
7. Ученики́ хотя́т сиде́ть то́лько на полу́ (floor).		
8. Учи́тель говори́т с ученика́ми о жи́зни.		
9. Учи́тель поправля́ет (corrects) оши́бки.		
10. Ученики́ встаю́т, когда́ отвеча́ют на вопро́сы.		
11. На уро́ке ученики́ де́лают то́лько упражне́ния из уче́бника.		

12. Учи́тель называ́ет ученико́в по фами́лии.		
13. Учи́тель критику́ет ученико́в перед всем кла́ссом.		
14. Ученики́ дра́знят (tease) друг дру́га.		

3-2) Given what you know about the character of the narrator, do you expect that he will be a good teacher or a bad teacher? Why?

3-3) After reading this episode from the story, review the list of possible classroom events given in question 3-1. Circle the number of the events which actually happen in the class described here. How accurate was your image of the Soviet classroom?

3-4) Using the list from question 3-1 and adjusting / adding words, names, and details, write out 7–10 sentences that reflect what happened during the class that you read about. Compare your list with your classmates'.

Слова́, слова́, слова́

3-5) *Word clusters.* Guess the meaning of the phrases in the first column by reading the explanation of related words in the second column. What parts of speech (noun, verb, adjective) are each of the underlined words?

слова́ или фра́за	объясне́ние	Meaning
шко́льная програ́мма	это спи́сок уче́бников и тем, кото́рые прохо́дят во всех шко́лах	
раздева́лка	это ко́мната, где ученики́ раздева́ются – снима́ют пальто́ и ша́пки и ве́шают их.	
в одино́честве	это когда́ челове́к живёт оди́н без сосе́дей, далеко́ от други́х	

одино́кий челове́к	это челове́к, у кото́рого нет друзе́й, или кото́рому пло́хо из-за того́, что ря́дом нет бли́зких люде́й
гото́вность	состоя́ние, когда́ челове́к гото́в нача́ть план или де́йствие
бесцве́тный пейза́ж	когда нет я́рких, чётких цвето́в в предме́те
попра́вка	это когда́ учи́тель слы́шит оши́бку ученика́ и говори́т вме́сто оши́бки пра́вильную фо́рму
карма́нный слова́рь	слова́рь ма́ленького форма́та, кото́рый мо́жно класть в карма́н
произноше́ние	как челове́к говори́т или произно́сит слова́ вслух
запи́ска	коро́ткое письмо́; небольшо́й листо́к бума́ги, на кото́ром лю́ди запи́сывают ну́жную информа́цию
записна́я кни́жка	ма́ленькая кни́га, куда́ лю́ди запи́сывают да́ты ва́жных встреч, номера́ телефо́нов, адреса́ друзе́й

3-6) *Cognates.* Do you recognize the English words related to these Russian words?

портре́т _____ продемонстри́ровать _____

батаре́йка _____ сфинкс _____

Понима́ем и обсужда́ем текст

3-7)   Imagine that you are one of the pupils in this class and you are telling your parents about what happened in school in French class.

3-8)   a.   Look through the text and mark two or three events that happened in the class that would be good for a story to tell your parents.

   b.   Looking at the text and the glossed vocabulary, for each event, pick out the set of words that you will need when retelling the event to your parents. To start with, just copy the words/phrases directly from the text; don't worry about changing the forms of the words yet.

   Event 1:

   Event 2:

   Event 3:

   Event 4:

   c.   Take the words and phrases from (b), and now work on turning them into complete sentences for use in your story. Remember that you will be retelling the event in the past tense and that many actions in your retelling of events can probably be viewed as completed, one-time units, so your sentences (in many cases) will probably need perfective verbs in the past tense. Note, however, that to describe background activities in your narrative, you may need imperfective verbs in the past tense. Similarly, if you relate regularly repeated events in your story, you may need verbs of the imperfective aspect.

   d.   When stories are retold, it is typical to include some evaluative framework (i.e., it was funny when…. // we all laughed when… // I really like it when…) that explains to the listener/reader why we are bothering to retell this story. Consider using some of the following phrases as introductions to your retelling of the episodes:

   Сего́дня на уро́ке бы́ло так смешно́, когда́ …. // Мы все засмея́лись, когда́ ….

   Наш учи́тель францу́зского мне о́чень (не) нра́вится, потому́ что …

   Сего́дня уро́к францу́зского был тако́й интере́сный ….

   В шко́ле всё бы́ло как обы́чно ….

e. Practice retelling your story of the class until you can retell the events smoothly. Then without looking at your notes, share your version of the events with your classmates.

f. As your classmates tell their version of the class events, listen to the stories from a parent's point of view. Which of the following might be appropriate responses to the stories you hear? Feel free to add your own responses.

Какóй у тебя́ хорóший учи́тель!
Какóй у́жас!
Ты врёшь!
Такóго не мóжет быть.
Я за́втра пойду́ жа́ловаться (to complain) на э́того учи́теля.
??

3-9) What do we learn about the narrator's character from this scene? Find one or two sentences from the text that reveal something new about his character from his interactions with his pupils.

3-10) Based on this class, how would you rate our narrator as a teacher? Be sure to prepare one or two reasons for your assessment.

О языке́ и культу́ре

3-11) When our narrator gets to school, he meets the school guard/janitor/watchman, whom he first calls by name and patronymic: Пантелéй Степáныч. After that, he says: за глаза́ прóсто Пантелéй. Why do you think the form of address changes when the narrator is out of his sight? Which version is more formal?

3-12) What form of the children's name does the teacher use when he calls on them in class? What form of "you" accompanies this?

3-13) Our narrator loves literature and often thinks of literary parallels. On page 31, he makes two literary references:

чéховская кóшка – This is a reference to Chekhov's story «О любви́» where the main character compares his displeasure with performing hard physical labor to save his family estate to the grimace a cat makes when hunger forces it to eat cucumbers from the garden.

Стари́к Держа́вин – literally "the Old Man Derzhavin." Derzhavin (1743-1816) was a major Russian poet who, near the end of his life in 1815, visited the Царскосе́льский лице́й where he noticed and gave his "blessing" to the young Alexander Pushkin (1799-1837). The phrase Старик Державин evokes the image of the older poet passing on the mantle of national poet to Pushkin.

Дополне́ние: О грамма́тике в те́ксте

3-14) Compare the following complex Russian sentences with their English equivalents. What two words does Russian need to hook the two clauses together? What happens with the first component in this set of examples? How does the structure of the Russian sentences compare with their English equivalents?

---

a. Я начина́ю уро́к с того́, что угова́риваю его сойти́ вниз.
     = I start class by convincing him to come down.

b. Конча́ется это тем, что де́тям стано́вится жаль меня́.
     = It usually ends with the kids taking pity on me.

c. Я на́чал расска́зывать о том, что мне интере́сно.
     = I began to tell them about what is interesting to me.

Повторя́ем

3-15) Complete the text so that it accurately summarizes the third episode of the story by filling in the blanks with the most appropriate word for the context. If you cannot think of an appropriate word for the blank, consult the word bank at the end of the passage.

Уро́к в шко́ле

Когда́ Валенти́н вошёл в шко́лу, бы́ло ти́хо. Сто́рож Пантеле́й

Степа́нович, _____(1) сиде́л оди́н, уви́дел Валенти́на и

шутли́во заме́тил, что он опя́ть_____(2) на рабо́ту.

Ученики́ Валенти́на жда́ли его́ в конце́ коридо́ра второ́го

_____(3). Валенти́н знал, что без учи́теля они́ веду́т себя́

о́чень пло́хо. _____(4), учени́к по фами́лии Соба́кин

всегда́ сиди́т на са́мом верху́ шве́дской _____(5). В нача́ле

ка́ждого уро́ка Валенти́ну прихо́дится повторя́ть, что он не

_____(6) уро́к, пока́ Соба́кин не ся́дет на своё ме́сто.

Обы́чно Валенти́н _____(7), как ученики́ вы́полнили

дома́шнее зада́ние. В тот день Валенти́н вы́звал _____(8) доске́ ученика́

Держа́вина, кото́рый пло́хо чита́л по-францу́зски. Когда́ Валенти́н

_____(9) его́ оши́бки, ему́ ста́ло жа́лко неспосо́бного

ма́льчика.

Валенти́н знал, что _____(10) Держа́вина о́чень

хо́чет, что́бы сын хорошо́ говори́л по-францу́зски, поэ́тому она́

_____(11) де́ньги за ча́стные уро́ки. Но Валенти́н знал,

что францу́зский язы́к _____(12) не интересу́ет ма́льчика.

Во вре́мя уро́ка кто-то бро́сил запи́ску учени́це Ду́бовой.

_____(13) Валенти́н это уви́дел, он сказа́л, что́бы Ду́бова

положи́ла запи́ску _____(14) на стол. Валенти́ну бы́ло

интере́сно узна́ть, что пи́шут друг дру́гу _____(15) ученики́.

Пока́ Держа́вин переводи́л текст, Валенти́н чита́л запи́ску, в кото́рой

_____(16) Соба́кин писа́л Ду́бовой о свое́и любви́ к ней.

Валентин вдруг _____(17) о том, как мо́лоды его́ ученики́.

Им ещё то́лько двена́дцать _____(18), и у них впереди́ вся жизнь.

Валенти́н знал, что его́ _____(19) ску́чные, и поэ́тому в

тот день он реши́л рассказа́ть _____(20) о том, что бы́ло

интере́сно ему́ самому́. Он расска́зывал де́тям _____(21) зву́ках

францу́зского языка́ и о том, почему́ у иностра́нцев, да́же

_____(22) они́ хорошо́ зна́ют ру́сский, всё равно́ остаётся

акце́нт. Валенти́н _____(23) о худо́жественном перево́де.

Всё это бы́ло гора́здо интере́снее, чем обы́чный _____(24)

по грамма́тике.

Когда́ прозвене́л звоно́к, Валенти́н удиви́лся, как бы́стро прошло́

_____(25). Он да́же не успе́л сде́лать то, что бы́ло в пла́не.

_____(26) знал, что други́е учителя́ бу́дут обсужда́ть и

критикова́ть его́ рабо́ту _____(27) собра́нии. От э́того ему́ ста́ло доса́дно.

говори́л	этажа́	кото́рый	когда́
опозда́л	Валенти́н	о	наприме́р
поду́мал	мать	на	совсе́м
пла́тит	уро́к / уро́ки	его́	е́сли
исправля́л	лет	ему́	
начнёт	сте́нки	к	
проверя́ет	вре́мя		
	учени́к / ученика́м		

Часть 4

Вопро́сы к те́ксту

Skim through pages 39/1–49/24, and then complete these two tasks about the contents of this section.

4-1) In this section of the text we meet other teachers who work at the narrator's school. Match the character's name with the work they do at the school.

4-2)

___	1. Ве́ра Петро́вна	а)	учи́тель фи́зики
___	2. Кудря́вцева	б)	учи́тель физкульту́ры
___	3. Ли́дочка	в)	за́вуч (заве́дующая уче́бной ча́стью)
___	4. Евге́ний Ива́ныч		
___	5. Пантеле́й	г)	учи́тель биоло́гии
___	6. Алекса́ндр Алекса́ндрович	д)	учи́тель нача́льной шко́лы
		е)	учи́тель ру́сского языка́
		з)	учи́тель пе́ния
		ж)	сто́рож

4-2) In the first part of this section the narrator and other characters talk about a number of topics. Put a check mark in front of those topics that are discussed.

Они́ разгова́ривают о том,

_____что́ Валенти́н Никола́евич бу́дет есть.

_____что Валенти́н Никола́евич ча́сто опа́здывает на рабо́ту.

_____что Валенти́н Никола́евич хо́чет жить во Фра́нции.

_____что Валенти́н Никола́евич не мо́жет уе́хать из Москвы́. Он там ну́жен.

_____что Валенти́н Никола́евич лю́бит чита́ть расска́зы.

_____что Валенти́н Никола́евич хо́чет писа́ть расска́зы.

_____что Валенти́н Никола́евич хо́чет рабо́тать в журна́ле.

Словá, словá, словá

4-3)   *Word Clusters.* Using your knowledge of Russian suffixes, fill in English equivalents for the word groups below.

Strategy: It will help if you note the parts of speech of the related words. For example, **-ть** is usually the ending for an infinitive; **-ость** is a noun suffix that often denotes an abstract concept; **-ный** is usually an adjective suffix, etc. Use a dictionary if you need help.

успевáть/успéть – _____   успéх – success
                                       успевáемость – _____

мечтá – a dream, day-dream   мечтáть– _____

сыр – _____   сы́рники – cheese-filled pancakes

семья́ – _____   семéйный– familial

труд – labor   трýдный– _____

                                         трýдность– _____

мéсто – _____   мéстный – _____

умéстный—in its place,   неумéстный – _____
    appropriate

открывáть – _____   откровéнный– _____
   /открыть   откровéнность – frankness

крáсный– _____   краснéть – _____
                                           покраснéть – to blush

часть – _____   учáствовать – _____
                                           учáстие – participation

Понимáем и обсуждáем текст

Complete these activities after you have gone back and read pages 39/1–49/24 in detail.

4-4) a. During this break between classes our narrator Валенти́н Никола́евич meets and talks with other teachers at the school. What opinions does he have of them? What opinions does he assume that they have about him? Look through the text to find words, phrases or a sentence to complete this table. Write in the *exact* words and phrases from the text.

	Что ВН ду́мает об э́том челове́ке?	Что э́тот челове́к ду́мает о ВН?
Ве́ра Петро́вна		
Кудря́вцева		
Ли́дочка		
Евге́ний Ива́ныч		
Алекса́ндр Алекса́ндрович		

b. In the right hand column above, put a check mark by those words or phrases that actually come directly from the other person, rather than being filtered through Valentin Nikolaevich's thoughts / impressions. You may need to look through the text again and see which phrases are actually voiced by the other characters.

c. Prepare a paragraph summarizing the opinions that Valentin Nikolaevich holds about his colleagues. You should use the words that you found in the text, and you may want to combine them with some of the following sentence starters. Remember to change the exact words from the text to fit in any new grammatical contexts.

Валенти́н Никола́евич ду́мает, что ….
  = VN thinks that …
По мне́нию Валенти́на Никола́евича ….
  = In VN's opinion …

Валенти́ну Никола́евичу ка́жется, что …
   = It seems to VN that …
Валенти́н Никола́евич счита́ет кого́? каки́м?
   = VN considers X (accusative) to be Y (instrumental)
Валенти́н Никола́евич отно́сится к кому́? хорошо́ / пло́хо / с симпа́тией
   = VN relates to X (dative) well / badly / with sympathy
Валенти́ну Никола́евичу (не) нра́вится … , потому́ что …
   = VN likes (doesn't like) …
Валенти́н Никола́евич зави́дует кому́? , потому́ что …
   = VN envies X (dative) because …

d. Using the words and phrases from 4-4a and the sentence starters in 4-4c, prepare a paragraph about what Valentin Nikolaevich's colleagues think of him.

4-5) On page 39/10–17, the narrator spends a lot of time thinking about what he will have to eat. Why do you think he finally picks the hot dogs? How does this relate to other decisions he has made earlier in the day?

4-6) a. Valentin Nikolaevich says to Vera Petrovna "Я ну́жен был в Москве́ … двум же́нщинам." The best equivalent in English for this phrase is:

a) I needed two women in Moscow.
b) Two women in Moscow needed me.

b. This comment makes Vera Petrovna immediately change the subject. Why does Valentin Nikolaevich's comment make her uncomfortable? What two women does she assume he has in mind?

4-7) Кака́я у Валенти́на Никола́евича «больша́я мечта́»?

4-8) Toward the end of the lunch break, one of the teachers reacts to Valentin Nikolaevich's decision to tell the truth. Find the line that summarizes her opinion about his behavior that day.

О языке́ и культу́ре

4-9) Valentin Nikolaevich, when describing how he came to work at the school, uses the expression «… когда́ меня́ распределя́ли» which literally means "when they assigned me." Read the passage below about the Soviet practice of распределе́ние.

В сове́тские времена́ не́ было безрабо́тицы (unemployment). Когда́ челове́к зака́нчивал институ́т или университе́т, ему́ дава́ли рабо́ту по его́ специа́льности (то есть, его́ определя́ли на рабо́ту). Эта рабо́та могла́ быть в любо́м (any) го́роде Сове́тского Сою́за. Когда́ челове́ку дава́ли э́ту рабо́ту, он три го́да до́лжен был рабо́тать на э́том ме́сте. То́лько че́рез 3 го́да он получа́л пра́во иска́ть но́вую рабо́ту.

4-10) The film *Знако́мьтесь, Балу́ев* was a B-grade movie about Baluev, a construction worker who is charged with building a gas pipeline. While the movie was intended as a straight-forward work of socialist realism, critics note that the movie is almost an absurdist version of a standard production story. In 1963 the movie was nominated by the Soviets for the best picture award at the Moscow International Film Festival. Fellini's movie *8 1/2* won that competition, which caused a scandal since the Party's official choice lost, even in a competition held in the capital of the Soviet Union. Some interesting links about the film are:

http://www.nashekino.ru/data.movies?id=1970
http://www.kinoafisha.net/film/2140.htm
http://www.qub.com/kk/miff/baluev_stas.htm
http://www.qub.com/kk/miff/baluev.htm

Повторя́ем

4-11) Complete the text so that it accurately summarizes the fourth episode in the story by filling in the blanks with the most appropriate word for the context. If you cannot think of an appropriate word for the blank, consult the word bank at the end of the passage.

В столóвой

На перемéне Валентúн пошёл в столóвую, где дéти стоя́ли в

_____(1) за пирожкáми.

Валентúн дóлго дýмал, чтó емý взять: сосúски с _____(2)

úли сы́рники. В концé концóв он решúл быть самúм собóй,

_____(3) сосúски и сел за стол с Вéрой Петрóвной, котóрая

былá _____(4) недовóльна.

Валентúн и Вéра Петрóвна бы́ли óчень рáзные лю́ди. У

_____(5) Петрóвны сáмое глáвное в жúзни былá рабóта в

шкóле, а у _____(6) бы́ло мнóго другúх интерéсов.

Сначáла онú разговáривали на рáзные тéмы. Вéра Петрóвна

_____(7), что Валентúн не хотéл быть учúтелем. Он сказáл

ей, что _____(8) хотéлось поéхать в степь, чтобы увúдеть

прирóду, живóтных и людéй, _____(9) там живýт. Но важнéе

всегó в такóй поéздке для Валентúна бы́ло испытáть _____(10)

в нóвых, тяжёлых услóвиях.

Когдá Валентúн объяснúл ей, что он _____(11) поéхал в

степь, потомý что нýжен был в Москвé двум _____(12), Вéре

Петрóвне стáло неудóбно. Онá перестáла задавáть вопрóсы на лúчные

_____(13) и стáла говорúть о дéле.

Вéра Петрóвна напóмнила Валентúну, что на _____(14)

недéле он опоздáл ужé три рáза.

Вере Петровне _____(15), что Валентин несерьёзно

относится к работе. Валентин ей признался, что он _____(16)

стать писателем, хотя пока никто ещё не напечатал ни один _____(17)

его рассказов. Вера Петровна предположила, что у Валентина должны

быть очень _____(18) рассказы, но Валентин знал, что о нём

всегда думают лучше, _____(19) он есть на самом деле.

Пока Вера Петровна и Валентин _____(20), в столовую

пришли другие учителя, которые не очень нравились Валентину.

_____(21) физики Александр Александрович начал

критиковать новый фильм, который Валентин тоже

_____(22) очень плохим. Но Валентину показалось, что

учитель физики _____(23), и он так прямо и сказал. Александр

Александрович так удивился, что _____(24) перестал есть.

Все учителя смеялись, потому что все видели этот _____(25).

Вера Петровна сделала вывод, что в тот день с Валентином

_____(26) было серьёзно разговаривать.

фильм	врёт	этой	из
капустой	казалось	ему	которые
темы	взял	им	не
Валентина	мечтает	себя	чем
Веры	разговаривали	хорошие	невозможно
учитель	считал		даже
женщинам	узнала		
очереди			

Часть 5а

Вопро́сы к те́ксту

Skim pages 51/1–53/13 and determine the answers to these two questions.

5-1)   Что покупа́ет Валенти́н?

5-2)   Кому́ он покупа́ет э́ти пода́рки?

Слова́, слова́, слова́

5-3)   Sometimes when English or international words come into Russian, their spelling or endings may obscure their connection to a recognizable English word. Often pronouncing these words aloud can help you recognize their base and get their meaning. Here are six words and phrases where that strategy may help.

райо́н	глюко́за (think chemistry)
база́р	«паралле́льный монта́ж* »
металли́ческий	«монта́ж* по контра́сту»

Понима́ем и обсужда́ем текст

Re-read pages 51/1–53/13 with care and complete the three questions below.

5-4)   Find the section of the text where Valentin Nikolaevich gets questioned about cutting in line. How would you characterize the old man's comments? Check all appropriate answers.

Он обраща́ется к Валенти́ну Никола́евичу …
_____ на́гло (rudely)
_____ серди́то (angrily)
_____ с понима́нием (sympathetically)
_____ су́хо (drily)
_____ с возмуще́нием (indignation)

---

* Think film editing terms.

5-5) What does Валенти́н Никола́евич say when he is challenged about his place in line? (find his exact words)

5-6) Отве́т Валенти́на Никола́евича — соверше́нно че́стный? Explain your answer.

О языке́ и культу́ре

5-7) *О́чередь* – literally, "a line." In Soviet times, goods were often in short supply, and lines for all kinds of items were common. Lines had their own elaborate unspoken etiquette. When you found a line you wanted to get into, you asked «Вы после́дний?» or «Кто здесь после́дний?» You could step out of a line reserving your place by agreeing with the person ahead of you («Я бу́ду за ва́ми»); when you came back you usually announced («Я был(а) за ва́ми.») Cutting to the front of the line was not considered acceptable behavior, although certain privileged groups (e.g., disabled war veterans) had the right to be served *вне о́череди* (literally, "outside of the line"). The writer Vladimir Sorokin wrote *О́чередь,* a whole novel which consists entirely of monologues and conversations that take place in a very long line.

Повторя́ем

5-8) Complete the text so that it accurately summarizes the start of the fifth episode in the story by filling in the blanks with the most appropriate word for the context. If you cannot think of an appropriate word for the blank, consult the word bank at the end of the passage. There are five extra words.

На ры́нке

Ря́дом со шко́лой, где рабо́тал Валенти́н, был ры́нок, куда́ он

_____(1) купи́ть свое́й подру́ге Ни́не цветы́ и виногра́д.

Валенти́н _____(2) не встава́ть в дли́нную о́чередь, он

подошёл пря́мо к _____(3), пода́л ей рубль и попроси́л

виногра́да.

Так как Валентин был очень _____(4) на

Смоктуновского, продавщица, может быть, подумала, что перед ней

_____(5) актёр. Она улыбнулась и выбрала Валентину самый

лучший виноград.

_____(6) в очереди сердились на Валентина, но он быстро

купил _____(7) и ушёл.

квартира	похож	магазин	виноград
решил	ученики	продавщице	фрукты
известный	пошёл	пришёл	люди

Часть 5б

Вопро́сы к те́ксту

Skim through pages 53/14–59/14 and complete these first activities.

5-9) Jot down a few notes in English concerning what we learn about the following characters:

Nina:

Nina's father (Ни́нин оте́ц):

Nina's mother (Ни́нина ма́ма):

5-10) Put a check by any of the following statements that seem to be true; put a question mark by ones that do not seem to be clear from your first reading of the text.

____ Валенти́ну Никола́евичу о́чень нра́вится Ни́на.
    (= VN really likes Nina.)
____ Валенти́ну Никола́евичу о́чень нра́вится Ни́нин оте́ц.
____ Валенти́ну Никола́евичу о́чень нра́вится Ни́нина ма́ма.
____ Валенти́н Никола́евич о́чень нра́вится Ни́не.
    (= Nina really likes VN)
____ Валенти́н Никола́евич о́чень нра́вится Ни́ниному отцу́.
____ Валенти́н Никола́евич о́чень нра́вится Ни́ниной ма́ме.

Слова́, слова́, слова́

5-11) Sometimes when English or international words come into Russian, their spelling or endings may obscure their connection to a recognizable English word. Often pronouncing these words aloud can help you recognize their base and get their meaning. Here are eight where that strategy may help.

не́рвы	клие́нтка
индивидуа́льный	секре́т
органи́зм	тю́бик (тюб + ик)
крем	пост

Понима́ем и обсужа́ем текст

Re-read pages 53/14–59/14 carefully and complete these comprehension and discussion questions.

5-12) Go back and reconsider the "who likes whom" statements in the «Вопро́сы к те́ксту» section. Make a new column in the right hand margin, call it "after close reading" and record any new opinions there.

5-13) a. One of the first things Valentin Nikolaevich says about himself in this section is «Говоря́т, ч т о я со стра́нностями» (peculiarities). Considering the new information in this section and the whole story up to this point, make a list in Russian of Valentin Nikolaevich's «стра́нности». You should be able to come up with at least 6–7 items.

b. When Valentin Nikolaevich says this, how should we interpret his statement? Pick one that you think best summarizes his feelings. If you don't agree with any of the choices, add one of your own.

_____ Он это говори́т серьёзно.
_____ Он это говори́т с иро́нией.
_____ Он это говори́т с го́рдостью.
_____ Он про́сто говори́т пра́вду.
_____ ???

5-14) a. Given Valentin Nikolaevich's impressions of Nina's mother, check all the items that would seem to best complete this statement from *her* point of view:

Са́мое ва́жное в жи́зни ….

_____ зараба́тывать мно́го де́нег

_____ быть счастли́вым

_____ жить в хоро́шей кварти́ре

_____ занима́ться профе́ссией, кото́рая вам нра́вится

_____ покупа́ть хоро́шую, дорогу́ю оде́жду

_____ быть хоро́шим специали́стом

_____ быть знамени́тым

_____ занима́ться рабо́той, поле́зной для о́бщества (useful for society)

b. Complete the survey question in 3a) based on your own feelings. How do your answers compare with those of Nina's mother? With those of your classmates?

О языкé и культýре

5-15) Nina lives on у́лица Го́рького which was renamed Тверска́я у́лица in 1991. This prime location is one of Moscow's most famous streets. Located in the very heart of the city, it is lined with major stores, restaurants, theatres.

Дополне́ние: О грамма́тике в те́ксте

5-16) Since Valentin Nikolaevich reflects much on himself in this section, it is not surprising that we encounter a number of forms of the Russian reflexive pronoun *себя*. The exact meaning of *себя* depends on the subject of the sentence, so it can be translated as "myself," "yourself," "himself," "herself, " etc. Since the pronoun takes its meaning from the subject of the sentence, it has no nominative form.

Compare the Russian sentences that use a form of *себя* (-self) with their English equivalents.

		Приме́ры
кто?	~~NOM~~	
кого?	себя́	Дире́ктор шко́лы была́ у *себя́*. = The school principal was in *her* office.
кому?	себе́	Валенти́н Никола́евич еще не купи́л *себе́* зи́мнее пальто́. = VN still hasn't bought *himself* a winter coat.
кого?	себя́	Я ви́жу *себя́* в зе́ркале. = I see *myself* in a mirror.
о ком?	о себе́	Мы говори́м о *себе́*. = We are talking about *ourselves*.
кем?	собо́й	Они́ дово́льны *собо́й*. = They are satisfied with *themselves*.

5-17) a. In this section of the text we also get another deeper look into
           Valentin Nikolaevich's thoughts about himself and his future. Thus,
           it is not surprising that a number of his statements are hypothetical
           (i.e., what he **would do**) rather than descriptions of what he actually
           has done or **will do**. Look for the places where he uses the
           hypothetical phrase *Я мог бы* and *Я смог бы* [I could...] and circle
           them in the text.

     b.   What do you think this frequent use of *Я мог бы* and *Я смог бы* tells
           us about Valentin Nikolaevich's character?

5-18) It is easy to make hypothetical statements in Russian by combining the
      particle *бы* with the past-tense form of the main verb. Based on your own
      experience, personalize the sentences below.

❖ Put a **dash** in the blank if you **have actually done** the action.
❖ Add the particle *бы* in the blank if the action is something that you
   would do/would have done.
❖ You may also add the negative particle *не* before the verb if that will
   make the statement better reflect your experience.

1. Я жил / жила́ _____ во Владивосто́ке два го́да.

2. Я рабо́тал / рабо́тала _____ официа́нтом в рестора́не.

3. Я рабо́тал / рабо́тала _____ ле́том в магази́не «Уол-ма́рт».

4. Ле́том я встава́л / встава́ла _____ ка́ждый день в шесть часо́в.

5. Ле́том я отдыха́л / отдыха́ла _____ в гора́х в Колора́до.

6. Я жени́лся _____ на де́вушке из друго́й страны́.

7. Я вы́шла _____ за́муж за молодо́го челове́ка из друго́й

    страны́.

5-19) Be careful not to overgeneralize! While most Russian hypothetical constructions with *бы* can be translated into English with "would / would have," not every English "*would / would have*" expresses a hypothetical statement. Thus, not every English "would/would have" can be translated into Russian with the particle *бы*. Two other very common uses of "would" in English are: to describe repeated past actions (e.g., Last spring every Saturday we *would* sleep late and get up in time for lunch) or to describe future actions in a past narration/reported speech (e.g., He asked when the report *would* be finished). Look at the English sentences below categorizing the use of *would* in them as

H = hypothetical   **RS** = reported speech
RA = repeated past action

1. Last summer we often would go swimming after dinner.
2. If you told me, I would take care of the problem quickly.
3. If Valentin Nikolaevich were older, his pupils would act better.
4. My pupils would never have acted that way.
5. We discussed what the hero would do next.
6. The teacher explained what the exam would be like.
7. Were Valentin Nikolaevich to marry Nina, they would be very happy.
8. Viktor asked Nina if she'd marry him.
9. This story would never win a prize in Russia.

The English "would" used to show repeated action is usually expressed in Russian by past-tense imperfective verbs. While the English "would/would have" is used in reported speech, Russian reported speech will always be expressed with a verb in the same tense and aspect as the original direct speech.

Повторя́ем

5-20) Complete the text so that it accurately summarizes the second part of the fifth episode in the story by filling in the blanks with the most appropriate word for the context. If you cannot think of an appropriate word for the blank, consult the word bank at the end of the passage. There are three extra words.

По дороге к Нине

Нина жила на улице Горького, и Валентин пошёл туда

_____(1). Валентин знаком с ней уже пять лет. За эти

_____(2) в их отношениях было много хорошего и плохого.

Но _____(3) всё ещё не был уверен в своих чувствах. Нина

_____(4), что Валентин – тонкая натура, и что у него

расстроены нервы.

Нина и её _____(5) живут в коммунальной квартире, где

живёт ещё семь семей. Когда Валентин _____(6) в дверь, ему

открыла Нинина соседка.

Нининым родителям не очень _____(7) Валентин, и

Нинина мама хотела более практичного друга для своей

_____(8). Она сама была практичным человеком. Например,

она готовила крем для _____(9) и продавала его своим

клиенткам по три рубля за баночку. Нинина мама в семье

_____(10), и у неё всегда есть своё мнение.

говорила	Валентин	интеллигентная	пешком
нравился	рук	главная	медленно
позвонил	дочери		
	лица		
	родители		
	годы		

Часть 6

Вопро́сы к те́ксту

6-1) The following events take place in this part of the story. Skim from page 59/12 to the end of the story and write down the page numbers where these events occur. Looking at the page numbers, establish the order that these events occur in.

Страни́ца:

_____ Ва́ля начина́ет ду́мать о живо́тных, кото́рые живу́т в степи́.

_____ Ва́ля смо́трит переда́чу по телеви́зору, когда́ Ни́на че́ртит (drafts).

_____ Валенти́н и Ни́на остаю́тся одни́ (are left alone).

_____ Лёня звони́т Валенти́ну и приглаша́ет его́ на ве́чер.

_____ Ва́ля не хва́лит (praises) суп, кото́рый приготовила Ни́нина ма́ма, и кото́рый ему́ не о́чень нра́вится.

_____ Ва́ля и Ни́на разгова́ривают о том, что случи́лось вчера́.

_____ Валенти́н понима́ет, что жить без вранья́ лу́чше, чем врать.

_____ Сосе́дка открыва́ет Ва́ле дверь в кварти́ру.

_____ Оте́ц Ни́ны начина́ет расска́зывать о самолётах и об орла́х (eagles).

_____ Ва́ля обе́дает с семьёй Ни́ны.

_____ Ни́нина ма́ма расска́зывает о му́же, кото́рый бро́сил свою́ жену́ и ребёнка.

Слова́, слова́, слова́

6-2) Several words come up with great frequency in this part of the text. Notice how they all focus the reader's attention on acceptable social behavior and the differences between appearances and realities.

очеви́дно – obviously
одна́ко – however
ока́зывается – it turns out to be
ждать оказа́лось ху́же – waiting turned out to be worse
"комильфо́" = comme il faut (French) – as one ought

Понима́ем и обсужда́ем текст

After reading pages 59/12 to the end of the story in detail, complete these comprehension and discussion tasks.

6-3) Look through this section and find the words and phrases that Valentin uses to describe Nina. Write down the most significant ones in the left column. In the middle column, decide if you agree with Valentin's assessment based on your own understanding of Nina's behavior. In the final column, jot down words or phrases that you would use to describe Nina.

Что ду́мает Валенти́н?	Согла́сны ли Вы?	Ва́ша характери́стика

6-4) a. Почему поссо́рились (had a falling out) Ни́на и Валенти́н в предыду́щий (previous) день?

Что говори́т Ни́на?
Что говори́т Валенти́н?

b. Whose side seems more reasonable to you?

6-5) Во время обеда Валентин говорит правду, хотя это кажется всем бестактным. Write out at least two of his tactless comments; then write a socially acceptable alternative line that he should have said.

Бестактные слова Валентина	Надо было сказать …

6-6) Валентин несколько раз думает о своём будущем (future). Какое будущее ждёт его….

если он женится на Нине?
если он не женится?

6-7) Должны ли Валентин и Нина жениться? Хороший ли это будет брак (marriage)? (Be sure to give reasons for your answers)

О языке и культуре

6-8) Both Valentin and Nina's family live in коммуналки (=communal apartments). Such apartments usually housed several families, each of whom had one room. All the families shared bathrooms and a kitchen. To understand what such apartments were really like, you may want to visit the Virtual Museum of Communal Apartments at:

http://www.kommunalka.spb.ru/

Повторяем

6-9) Complete the text so that it accurately summarizes the opening third of the sixth episode in the story by filling in the blanks with the most appropriate word for the context. If you cannot think of an appropriate word for the blank, consult the word bank at the end of the passage.

У Нины

Нина всё ещё _____(1) на Валентина из-за вчерашней

ссоры, но она была рада, что он _____(2). Они оба молчали и

ждали, кто первый начнёт разговор. Но _____(3) разговора

они начали смотреть по телевизору музыкальную передачу. Наконец

Нина первая _____(4) Валентина, почему он её не уважает,

почему ей всё _____(5) приходится его ждать. Вчера они

должны были встретиться в кино ____(6) 7 часов. Нина пришла вовремя и

ждала Валентина. В _____(7) восьмого его ещё не было. Нина

обиделась на него и _____(8). Валентин хотел оправдаться и

сказал, что опоздал совсем не надолго.

_____(9) ему не поверила, хотя Валентин говорил правду.

На самом деле Валентин _____(10), что Нина сердится на

него не за то, что он _____(11) вчера, а за то, что он не

женится на ней. Нина сказала, что _____(12) надоело всё

время ждать, и что больше она его ждать _____(13) будет.

Валентин понял, что именно в этот момент ему надо было

_____(14) и сделать предложение. Но он не сделал этого. Он

_____(15) и думал о казахстанских степях и о том, как

_____(16) было бы поехать за сайгаками.

После того, как Валентин закончил _____(17), он остался

в Москве и теперь ему было нелегко уехать _____(18). А если

он же́нится на Ни́не, тогда́ он и в бу́дущем никуда́ не

_____(19).

Ни́на попроси́ла, что́бы Валенти́н показа́л ей свои́ перево́ды. Но

Валенти́н сказа́л, что он ничего́ не _____(20), и что по

вечера́м он хо́дит к своему́ дру́гу Лёньке и там он _____(21) с

други́ми де́вушками.

Ни́на не пове́рила Валенти́ну и засмея́лась. Она́ _____(22)

ря́дом с ним, и Валенти́н о́бнял её. Валенти́н почу́вствовал её дыха́ние и

_____(23), что лю́бит её.

спроси́ла	Ни́на	интере́сно	в
встреча́ется	вре́мя	вме́сто	ей
пришёл	институ́т	куда́-нибудь	не
ушла́	че́тверть		
пое́дет			
молча́л			
опозда́л			
встать			
знал			
перево́дит			
се́ла			
по́нял			
серди́лась			

Повторя́ем

6-10) Complete the text so that it accurately summarizes the second third of the last episode in the story by filling in the blanks with the most appropriate word for the context. If you cannot think of an appropriate word for the blank, consult the word bank at the end of the passage.

За обе́дом

В шесть часо́в пришёл Ни́нин па́па с _____(1), и все

се́ли обе́дать.

Когда́ Ни́нина ма́ма подава́ла суп, она́ _____(2) то на

Ни́ну, то на Валенти́на, потому́ что она хоте́ла знать, помири́лись

_____(3) они́.

Когда́ Ни́нина ма́ма спроси́ла, нра́вится ли Валенти́ну

_____(4), он не знал, что сказа́ть. Так как он реши́л не

_____(5) в тот день, он отве́тил, что суп неплохо́й.

Ни́нина ма́ма оби́делась на _____(6) за тако́й

открове́нный отве́т.

Ни́нин па́па перешёл на другу́ю те́му, и _____(7)

ста́ли обсужда́ть статью́ в газе́те. В статье́ писа́ли, что где-то в

_____(8) навстре́чу самолёту вы́летели три орла́. Оди́н

из них полете́л пря́мо на _____(9) и поги́б.

Ни́нина ма́ма реши́ла, что орёл — идио́т, и что _____(10)

бы́ло лете́ть на самолёт. А Валенти́н заду́мался, смог бы он

_____(11) на самолёт и поги́бнуть как тот орёл, или он

улете́л бы как други́е _____(12).

Ни́на то́же ду́мала об этой исто́рии и Валенти́н ви́дел, как

_____(13) пережива́ет. Валенти́н поду́мал, что е́сли бы

то́лько Ни́на согласи́лась пое́хать с ним в _____(14), он

был бы сча́стлив с ней, да́же в Москве́.

Все _____(15) и Ни́нина ма́ма начала́ расска́зывать о

сосе́де, кото́рый ушёл от _____(16) к друго́й же́нщине.

Она́ не представля́ла, как мо́жно бы́ло тако́е _____(17).

Но Валенти́н сказа́л, что он понима́ет э́того челове́ка, и на его́

_____(18) он сам ушёл бы от жены́.

В тот день никто́ кро́ме _____(19) не по́нял, что

Валенти́н реши́л жить без вранья́.

полете́ть	рабо́ты	жены́	ли
врать	ученико́в	степь	два
замолча́ли	гора́х	ме́сте	глу́по
смотре́ла	суп	самолёт	она́
сде́лать		все	него́

Повторя́ем

6-11) Complete the text so that it accurately summarizes the conclusion of the story by filling in the blanks with the most appropriate word for the context. If you cannot think of an appropriate word for the blank, consult the word bank at the end of the passage.

По́сле обе́да

По́сле обе́да Ни́нины _____(1) ушли́ на вре́мя. Ни́на ду́мала, что как то́лько её роди́тели _____(2), Валенти́н начнёт её обнима́ть и сде́лает предложе́ние. Но Валенти́н сиде́л на _____(3) и молча́л. Ни́на ста́ла убира́ть со стола́.

Валенти́н вспо́мнил, что у него́ в _____(4) бы́ли цветы́ для Ни́ны. Он доста́л цветы́ из портфе́ля и _____(5) Ни́не. Она́ о́чень удиви́лась, что Валенти́н принёс ей цветы́. Ни́на се́ла _____(6) с Валенти́ном и прижа́лась к нему́. Э́то Валенти́ну бы́ло о́чень _____(7), но им помеша́л телефо́нный звоно́к. Они́ не могли́ не _____(8) на него́. Наконе́ц Валенти́н по́днял тру́бку и услы́шал го́лос своего́ _____(9) Лёньки, кото́рый спроси́л Валенти́на, почему́ он не прие́хал к нему́ в _____(10) в тот ве́чер.

Лёнька переда́л тру́бку кому́–то ещё и Валенти́н _____(11) же́нский го́лос. Кака́я-то де́вушка хоте́ла поговори́ть с ним, но он молча́л. Валенти́н не _____(12) врать, но говори́ть пра́вду бы́ло ещё ху́же. Он пове́сил

_____(13).

Ни́на спроси́ла Валенти́на, кто ему́ звони́л, и он отве́тил, что ему́

_____(14) кака́я-то же́нщина. Ни́на вста́ла и пошла́

выноси́ть посу́ду на _____(15).

Валенти́н сиде́л и кури́л. У него́ бы́ло плохо́е настрое́ние, но он не

_____(16) поня́ть почему́. Весь день он никого́ не боя́лся

и _____(17) то, что ду́мал. Валенти́н по́нял, что говори́ть

пра́вду мо́жно то́лько _____(18), когда́ сама́ жизнь

похо́жа на э́ту пра́вду. А е́сли жить по-друго́му, то _____(19)

и́ли врать и́ли молча́ть.

Валенти́н боя́лся, что он не смо́жет _____(20) так,

как ему́ хо́чется, что че́рез не́сколько лет Ни́на уже́ не

_____(21) ду́мать, что он необы́чный челове́к, а бу́дет

ду́мать, что он про́сто _____(22).

Ни́на спроси́ла Валенти́на, что он бу́дет де́лать за́втра. Валенти́н

_____(23), что он бу́дет меня́ть всю свою́ жизнь. Ни́на

покрасне́ла, опусти́ла _____(24) и бы́стро вы́шла из

ко́мнаты. Она́ реши́ла, что _____(25) он наконе́ц-то

сде́лает ей предложе́ние.

мог	роди́тели	прия́тно
хоте́л	тру́бку	на́до
звони́ла	дива́не	тогда́
уйду́т	дру́га	за́втра
услы́шал	неуда́чник	ря́дом
отве́тить	ку́хню	
бу́дет	го́сти	
о́тдал	го́лову	
говори́л	портфе́ле	
отве́тил		
жить		

Обобще́ние
Summary Activities

1) a. *About Valentin*. Complete the matrix on the page opposite concentrating on the character of Valentin. What information do we learn about Valentin in each section of the story for these topics? What are his feelings about each of these things? What additional information does the author reveal about the main character? In completing the matrix you can use exact phrases from the text or shorter summary phrases. Note: there may not be information in the story to fill every cell of the matrix.

   b. Using the material that you have gathered into this matrix, prepare to give an oral or written report in Russian describing Valentin, commenting on several aspects of the character.

2) Imagine that you are Valentin or Nina. Twenty years have gone by since the day described in the story, and you are now writing a letter to a friend whom you have not seen since high school. Fill the person in on what you've been doing for the past 20 years, what choices have you made in life and what has changed in that time period.

Валентин Николаевич	Часть 1 (дома)	Часть 2 (в троллéйбусе)	Часть 3 (на урóке)	Часть 4 (в столóвой)	Часть 5 (у Нúны)
профéссия					
образовáние					
лúчная жизнь					
лúчность (характéрные чертú)					
мечтú					

Russian-English Glossary

This glossary was compiled with the intermediate-level Russian student in mind, and this intended audience should help explain why the entries here sometimes vary from those in traditional dictionaries. For the editor, the intermediate-level student of Russian is one familiar with the regular patterns of Russian noun declension and with regular verb forms. The intermediate student can, with relative ease and high degree of success, recognize that the entry for *ка́рты* will be found under *ка́рта*, and that the entry for *учи́лась* will be listed under *учи́ться*.

The intermediate student, however, may have frequent problems tracing an encountered form back to its dictionary entry if there have been changes in the stem or if the ending is unusual (e.g., берёте → брать; людьми́ → лю́ди). When forms occurring in the text may cause such problems for the intermediate student, I have made an entry for the form encountered in the text, provided brief grammatical identification of the form, the standard dictionary entry form and then an English equivalent. For participles and verbal adverbs (not usually covered in most beginning Russian textbooks), I have provided a contextualized English equivalent of the participial or adverbial form.

In most instances, if nouns and adjectives appear in the text in completely predictable forms, then the student will find them listed here under their traditional dictionary entry form, without further grammatical commentary. Nouns with fill vowels where the student may have difficulties reconstructing the nominative from an oblique form are listed in the form encountered in the text and glossed back to the main entry.

Where words can be translated by closely connected equivalents, the students will see the English synonyms separated by commas. Where the Russian form may be a homonym or have two sharply different senses, the English equivalents are separated by a semi-colon.

Abbreviations and terms used in this glossary:

a	accusative	past ap	past active participle
d	dative	pf	perfective
f	future	pl	plural
fem	feminine	ppp	past passive participle
g	genitive	pres ap	present active participle
i	instrumental	pres pp	present passive participle
im	imperfective	pres	present
impv	imperative	s	singular
mas	masculine	sf ppp	short form past passive participle
mult	multidirectional	short	short form adjective
n	nominative	uni	unidirectional
p	prepositional	usu	usually
past	past tense	vb adv	verbal adverb

How to Read Entries in This Glossary

фар *(g pl* фа́ра*)* – headlight

> *фар* is the genitive plural of *фа́ра* meaning 'headlight'

вме́сто + g – instead of

> *вме́сто* is a preposition with the genitive case meaning 'instead of'

бои́тся *(pres im* боя́ться*)* – to be afraid

> *бои́тся* is the present tense of the imperfective verb *боя́ться* meaning 'to be afraid'

гремя́ *(im vb adv* греме́ть*)* – thundering, roaring, rattling

> *гремя́* is the verbal adverb of the imperfective infinitive *греме́ть*. This form means 'thundering, roaring, rattling'

отсу́тствующих *(g pl pres ap* отсу́тствовать*)* – those who are absent

> *отсу́тствующих* is the genitive plural of the present active participle of *отсу́тствовать*. The form means: 'those who are absent'

аккура́тно – neatly, carefully
актёр – actor
акце́нт – accent
алфави́тный – alphabetical
апте́ка – pharmacy
арти́ст – performing artist
а́хнуть *(pf)* – to say «ах», to be
  surprised

база́р – market, bazaar
ба́ночка – small jar
ба́ня – public bath, Russian sauna
барито́н – baritone
бас – bass
батаре́йка – battery
бе́гать *(mult)* – to run
бегу́щего *(g s pres ap* бежа́ть*)* –
  running
бежи́т *(pres uni* бежа́ть*)* – to run
без + g – without
безбиле́тник – ticketless passenger
безбиле́тный – ticketless
бе́лый – white
белко́в *(g pl* бело́к*)* – protein
берётся *(pres im* браться*)* – to set to,
  to start to
беру́ *(pres im* брать*)* – to take
бесе́да – conversation
беспоко́иться *(im)* – to worry, be
  anxious
бесцве́тный – colorless
бесцеремо́нный – unceremonious
биле́т – ticket
благоро́дный – noble
бли́зко – near
близору́кий – near – sighted
блужда́ть *(im)* – to stir; to roam,
  wander
Бог – God
бо́ится *(pres im* боя́ться*)* – to be
  afraid
бо́лее – (in comparative
  constructions) more
боле́ть *(im)* – to be sick, ill

больна́ *(short* больно́й*)* – sick
больно́й – sick, sickly
бо́льше – more
большо́й – big, large
борт – side
босо́й – barefoot
боти́нок – shoe
боя́ться *(im)* – to be afraid
брат – brother
брать *(im)* – to take
бро́ви – eyebrows
броса́ться *(im)* – to throw oneself at
броса́ть *(im)* – to throw
бро́сить *(pf)* – to throw, to drop, to
  quit
бро́ситься *(pf)* – to throw oneself at
брось *(impv pf* бро́сить*)* – throw!;
  quit!
бро́шу *(f pf* бро́сить*)* – to throw, to
  drop; to quit
бро́шусь *(f pf* бро́ситься*)* – to throw
  oneself at
брю́ки – pants
бу́дто – as if
бу́дущий – future
бу́ква – letter (of alphabet)
бутербро́д – (open-face) sandwich
буфе́т – snack bar
бы – particle (various uses; often
  combined with past tense forms to
  indicate hypothetical situations)
быва́ть *(im)* – to be, occur, happen
бы́стро – fast, quickly
быть *(im)* – to be

валя́ться *(im)* – to lie, roll, loll about
вариа́нт – variant, version
вверху́ (где?) – up above, upstairs
вдвоём – together (as a pair)
вдохнове́нный – inspired
вдруг – suddenly
ведёшь *(pres uni* вести́*)* – to lead,
  conduct
ведь – particle – after all

ве́жливый – polite

вели́ *(past uni* вести́*)* – to lead, conduct

величина́ – magnitude

ве́рить – to believe

ве́рно – faithfully, truly, correctly

верну́вшись *(vb adv pf* верну́ться*)* – having returned

ве́рхнюю *(fem a* ве́рхний*)* – upper

вести́ *(uni)* – to lead, conduct

вести́ себя́ *(uni)* – to behave

весь – all, complete, whole

ве́чер – evening

ве́чно – eternally

взве́шивать *(im)* – to weigh

взгляну́в *(vb adv pf* взгляну́ть*)* – having glanced

взять *(pf)* – to take

ви́деть *(im)* – to see

ви́димо – apparently

ви́дно – visible

вид – view, appearance

ви́лка – fork

виногра́д – grapes

висе́ть *(im)* – to hang

вихля́я *(vb adv im* вихля́ть*)* – wiggling

вклад – deposit, contribution

включа́ть *(im)* – to turn on; to include

включа́я *(vb adv im* включа́ть*)* – including

включён *(sf ppp pf* включи́ть*)* – is turned on; included

включи́ть *(pf)* – to turn on, to include

вку́сный – tasty

влип *(past pf* вли́пнуть*)* – to get into a mess; to get stuck to

вме́сте – together

вме́сто + g – instead of

внести́ *(pf)* – to carry in, to contribute

вниз (куда?) – downward, downstairs

внизу́ (где?) – down below, downstairs

внима́ние – attention

внима́тельно – attentively

внутри́ – inside

во́время – on time

во́все – completely, at all

вода́ – water

водружа́ть *(im)* – to hoist, erect, place

во́зле + g – near

возмуща́ться *(im)* – to be indignant, exasperated

возрази́ть *(pf)* – to object

во́зраст – age

волнова́ться *(im)* – to worry

во́лос – hair

вообще́ – in general

вопро́с – question

воскресе́нье – Sunday

воспо́льзоваться *(pf)* – to use

вошёл *(past pf* войти́*)* – to enter, go in

вошла́ *(past pf* войти́*)* – to enter, go in

впервы́е – for the first time

вперёд (куда?) – forward

впереди́ (где?) – in front, up front, ahead

впечатле́ние – impression

враг – enemy

враньё – lying

врать *(im)* – to lie

вре́менный – temporary

вре́мя – time

ври *(impv im* врать*)* – lie

вро́де + g – like

вру *(pres im* врать*)* – I lie, am lying

вряд ли – hardly

всегда́ – always

всерьёз – seriously

всё равно́ – it makes no difference; nevertheless

всё-таки – still, all the same

вслух – aloud
вспоминáть *(im)* – to reminisce, recall
вставáть *(im)* – to get up
встать *(pf)* – to get up
встрéча – meeting, encounter
встречáть *(im)* – to meet
вступáть *(im)* – to enter into, join
всякий – any
вторóй – second
входить *(im)* – to go in, enter
вцепиться *(pf)* – to cling onto, seize hold of
вчерá – yesterday
выглядеть *(im)* – to appear, seem
выгонит *(f pf* выгнать*)* – to chase outİ to fire, kick out
выдержать *(pf)* – to endure, bear
выдохнуть *(pf)* – to breathe out; to burst out
вызывáть *(im)* – to summon, call up
выйти *(pf)* – to go out
вымерли *(past pf* вымереть*)* – to die out, go extinct
выносить *(im)* – to carry out
выпала *(past pf* выпасть*)* – to fall out
выпрямиться *(pf)* – to straighten up
выпустить *(pf)* – to let out, to squeeze out
выразить *(pf)* – to express
выразитель – spokesperson, expressor
высветленном *(p s ppp pf* высветлить*)* – lit up; brightened up
высказывать *(im)* – to express, state, speak out
высóвываться *(im)* – to stick out
высóкий – tall, high
высший – higher
вытащить *(pf)* – to drag out, to pull out

выучивший (past ap выучить) – who has learned
выучить *(pf)* – to learn, memorize
вышел *(past pf* выйти*)* – to go out, exit
выщипывая *(vb adv im* выщипывать*)* – pulling out, picking out
выяснены *(sf ppp pf* выяснить*)* – clarified
вялый – sluggish, inert

газéта – newspaper
где – where
где-то – somewhere
гениáльный – of genius, brilliant
геóлог – geologist
глáвный – main, important
глагóл – verb
глагóльный – verbal
глазá *(pl)* – eyes
глáсные *(pl)* – vowels
глупéе – sillier, stupider
глýпость – silly thing, stupid thing
глюкóза – glucose
глядéть *(im)* – to look
глядя *(vb adv im* глядéть*)* – looking
глянув *(vb adv pf* глянуть*)* – having looked
гнев – anger
гнилóй – rotten
говорить *(im)* – to say, speak
говоря *(vb adv im* говорить*)* – speaking
год – year
годовóй – yearly
головá – head
гóлоду *(g/d* гóлод*)* – hunger
гóлос – voice
горáздо – much, a lot (with comparatives)
горá – mountain, hill
гóрничная – maid

город – city
Господь – Lord
государство – state, government
готов *(short)* – ready
готовить *(im)* – to prepare
готовность – readiness
граждан *(g pl* гражданин*)* – citizen
граница – boarder
гремя *(vb adv im* греметь*)* –
    thundering, roaring, rattling
гримаса – grimace
гроздья *(pl)* – clusters, bunches
грудь – chest, breast
грузовик – truck
группа – group
грустно – sadly
губы *(pl)* – lips

давать *(im)* – to give
давно – a long time ago
давя *(vb adv im* давить*)* – pressing,
    weighing upon, crushing
даже – even
дальше – farther
дарить *(im)* – to give (as a present)
даровой – free (of cost)
двенадцать – twelve
двенадцатилетний – twelve year old
дверь – door
движется *(pres im* двигаться*)* – to
    move
движутся *(pres im* двигаться*)* – to
    move
двоечник – D-student
двум *(d* два*)* – two
двумя *(i* два*)* – two
двух *(g/p* два*)* – two
девушка – girl, young woman
девчонка – girl, kid, gal
дежурный – everyday, usual; on –
    call
действие – act, action
действительно – really, truly
действующее лицо – character

дел *(g pl* дело*)* – matter, business
дела *(pl* дело*)* – matter, business
делать *(im)* – to do
делегация – delegation
дело – matter, business
демократизм – democratism, open –
    mindedness
демонстративно – demonstratively
денег *(g pl* деньги*)* – money
день – day
деньги *(pl)* – money
держать *(im)* – to hold
дети *(pl)* – children
детство – childhood
диалог – dialog
диван – couch
диктор – announcer
для + g – for
дня *(g* день*)* – day
до + g – to, up to
добрый – good, kind
доверие – trust
доверяй *(impv im* доверять*)* – to
    trust
догадаться *(pf)* – to guess
договориться *(pf)* – to agree
доехать *(pf)* – to ride up to, arrive at
дождитесь *(impv pf* дождаться*)* –
    wait
долг – debt, duty
долго – a long time
должен – should, obliged to
дом – house, home, building
донёсся *(past pf* донестись*)* – to
    reach
дорога – road
доска – blackboard
достать *(pf)* – to get
достоинство – merit, value, dignity
достойный – worthy
дразнить *(im)* – to tease
древний – ancient
друг – friend
другие *(pl* другой*)* – others

другóй – another, other
дрýжеский – friendly
дýмать *(im)* – to think
дýра *(fem)* – fool
дурáк *(mas)* – fool
дыхáние – breath
дя́дя – uncle

éздить *(mult)* – to ride, go
ел *(past im* есть*)* – to eat
éсли – if
естéственно – naturally
ещё – still

жáлко – pity, shame; to feel sorry for; to grudge
жаль – too bad; it's a pity; to feel sorry for
ждать *(im)* – to wait
жевáть *(im)* – to chew
желáние – desire
желýдок – stomach
женá – wife
жéнский – feminine, woman's
жéнщина – woman
женю́сь *(pres im* жени́ться*)* – to marry
жизнь – life
жильцóв *(g pl* жилéц*)* – resident
жирóв *(g pl* жир*)* – fat
жить *(im)* – to live
журнáл – gradebook

забирáться *(im)* – to get into, climb onto
заболéть *(pf)* – to get ill
забóта – concern, care
забы́ть *(pf)* – to forget
забы́тый (ppp забы́ть*)* – forgotten
завернýв *(vb adv pf* завернýть*)* – having wrapped
зави́симость – dependence
зави́сеть *(im)* – to depend
заворáчивать *(im)* – to wrap

зáвтра – tomorrow
зáвтракать *(im)* – to eat breakfast
зáвуч – head of instruction
завхóз – head custodian
задавáть *(im)* – to ask, assign
зáданного *(g s ppp* задáть*)* – assigned
зáдано *(sf ppp* задáть*)* – assigned
задýматься – to become thoughtful, pensive, to fall to thinking
заёрзать *(pf)* – to begin to fidget
зазвенéть *(pf)* – to ring
зазвони́ть *(pf)* – to ring
заи́мствовать *(im)* – to borrow
заинтересовáться *(pf)* – to become interested in
зайти́ *(pf)* – to stop in, to drop in
закáнчивать *(im)* – to finish
закáшляться *(pf)* – to cough
заключáться *(im)* – to consist of
закóнчить *(pf)* – to finish, graduate
закрóется *(f pf* закры́ться*)* – to shut, close
зал – room, hall
зали́тое *(ppp pf* зали́ть*)* – flooded
замени́ть *(pf)* – to replace, substitute
замéтить *(pf)* – to notice
замолкáть *(im)* – to fall silent
замолчи́т *(f pf* замолчáть*)* – to fall silent
зáпах – smell, scent
запи́ска – note
заплати́ть *(pf)* – to pay
зарабáтывать *(im)* – to earn
зарабóтать *(pf)* – to earn
зарплáта – salary
заскрипéть *(pf)* – to start to squeak
засмея́ться *(pf)* – to burst out laughing
застáть *(pf)* – to find, to catch in
застéнчивый – shy
затянýться *(pf)* – to be delayed, dragged out

захохотáть *(pf)* – to start laughing
    loudly
зачéм – why, for what purpose
заявúть *(pf)* – to declare
заявлéние – declaration; letter
звéри *(pl* зверь*)* – beast, wild animal
звонúть *(im)* – to call, phone
звонóк – (phone) call, bell
здесь – here
здрáвствуй (im impv здрáвствовать*)*
    – lit. be healthy; usu. Hello
зимá – winter
злúло *(past im* злить*)* – to anger, vex
злых *(g pl* злой*)* – evil, mean
знакóма *(short* знакóмый*)* –
    acquainted (with)
знакóмьтесь *(impv im* знакóмиться*)*
    – become acquainted
знаменúтый – famous
знать *(im)* – to know
знáчило *(past im* знáчить*)* – to mean
знáчить *(im)* – to mean
зовýт *(pres im* звать*)* – lit. they call;
    usu. is named
зрéние – vision
зуб – tooth

игрáть *(im)* – to play
идиóт – idiot
идтú *(uni)* – to go, head toward, be
    on one's way
из + g – from, out of
извéстный – well-known
изготовлéние – preparation
изжóга – heartburn
изо = из
изображáющий *(pres ap*
    изображать*)* – depicting
изрисóван *(sf ppp* изрисовáть*)* –
    covered with drawings; drawn all
    over with
изумúлась *(past pf* изумúться*)* – to
    be amazed, surprised

изы́сканность – refinement,
    elegance
изы́сканный – refined, elegant
икрá – caviar
úли – or
имéть *(im)* – to have
úмени *(g/d/p* úмя*)* – name
úменно – namely, specifically
инáче – otherwise
инáя *(fem* инóй*)* – different, other
инвалúд – invalid
индивидуáльный – individual
инéрция – inertia
инженéр – engineer
иногдá – sometimes
иностóранец – foreigner
инститýт – institute
интеллигéнт – intellectual
интерéс – interest
интерéсно – interesting(ly); curious
интересýет *(pres im* интересовáть*)*
    – to interest
искáть *(im)* – to look for, search
исключéние – exception
úскренний – sincere
исполнúтель – performer
исправно – punctually; precisely
испýганно – frightenedly
испы́тывать *(im)* – to experience

к + d – to, toward
каблýк – heel
кадр – clip, shot, frame, closeup;
    personnel
кáждый – each, every
кáжется *(pres im* казáться*)* – it
    seems
казáться *(im)* – to seem, appear
как – how
какóй – what, what kind of
кáмнем *(i* кáмень*)* – rock, stone
капýста – cabbage
карандáш – pencil

карма́н – pocket
карма́нный – pocket (sized)
ка́рты *(pl* ка́рта*)* – cards
ка́сса – cash – box, till
касси́р – cashier
квадра́тик – small square
кварти́ра – apartment
квартиросъёмщик – apartment
  renter
ке́почка – small cap
килогра́мм – kilogram
киломе́тр – kilometer
кино́ – movies, movie – theater
киноактри́са – film actress
киноарти́ст – film actor, film
  performer
киносту́дия – film studio
клади́ *(impv im* класть*)* – to put, put
  down
класс – classroom, grade
клие́нтка *(fem)* – client
кни́га – book
кно́пка – knob, button
ко = к
ко́жа – skin, leather
ко́жица – skin, sausage casing
коке́тничать *(im)* – to flirt
коли́чество – quantity; a number of
колле́кти́в – collective; group
колхо́зный – kolkhoz, state farm's
комильфо́ = comme il faut= as one
  ought
ко́мната – room
компа́ния – company
коне́чно – of course
контра́ст – contrast
контролёр – inspector, ticket-
  collector
контролёрша *(fem)* – inspector,
  ticket-collector
конце́ *(p* коне́ц*)* – end
ко́нчился *(past pf* ко́нчиться*)* – to
  end, come to an end

копе́ек *(g pl* копе́йка*)* – kopeck (=
  .01 ruble)
коридо́р – corridor
космети́чка – cosmetics person
кото́рый – who, that, which
ко́фе – coffee
ко́шка – cat
краси́вый – beautiful, handsome,
  pretty
крем – cream
кричи́т *(pres im* крича́ть*)* – to yell,
  shout
крова́ть – bed
кро́ме + g – except
кру́глый – round; complete
кружка́ми *(i pl* кружо́к*)* – small
  circle
кружо́к – small circle
кто – who
кулако́м *(i s* кула́к*)* – fist
купи́ть *(pf)* – to buy
кури́ть *(im)* – to smoke
куро́ртный – resort
курс – course, level of higher
  education
куса́ть *(im)* – to bite
куски́ *(pl* кусо́к*)* – piece
кусо́чек – small piece
ку́хня – kitchen

ла́зит *(pres mult* ла́зить*)* – to climb,
  get into difficult position
легко́ – easily
лежа́ли *(past im* лежа́ть*)* – to be
  lying; be in prone position
лежа́т *(pres im* лежа́ть*)* – to be lying;
  be in prone position
ле́зешь *(pres uni* лезть*)* – to climb,
  get into difficult position
лени́вый – lazy
лени́ться *(im)* – to be lazy
лет *(g pl* год and ле́то*)* – year;
  summer

летéл *(past uni* летéть*)* – to fly
лётчик – pilot
лимóн – lemon
лист – sheet of paper; leaf
литератýрный – literary
лицó – face
лúчность – personality, individual
лишь – only
лóжка – spoon
ломáть *(im)* – to break
лýчше – better
лýчший – better, best
любвú *(g/d/p* любóвь*)* – love
любúмый – favorite, beloved
любúть *(im)* – to like, love
лю́ди *(pl)* – people
людьмú *(i pl* лю́ди*)* – people

магазúн – store, shop
мáленький – small, little
мáло – little, too little
мáльчик – boy
мальчúшка – little boy, kid
мáма – mother
мáмонт – mammoth
манéра – manner
материáл – material
мать – mother
махнýв *(vb adv pf* махнýть*)* – having
   waved
махнýть *(pf)* – to wave; shake
машúна – car; machine
мéдленно – slowly
медý *(p s* мёд*)* – honey
мéжду + g/i – between, among
мéлкий – small, tiny
мéлочь – trifle; small change (coins)
мéнее – less
мéньше – less, fewer
мéньший – smaller, lesser
мéсто – place, spot
мéсячный – monthly
металлúческий – metallic
метрó – metro, subway

метр – meter
мечтáть *(im)* – to dream, day –
   dream
мечтá – daydream, fantasy
мешáть + d *(im)* – to bother, disturb
мúлый – sweet, kind, nice
минúстр – minister
минýта – minute
мнéние – opinion
мнóгие *(pl)* – many people
мнóго – a lot of, much
мог *(past im* мочь*)* – can, be able
мóжно – it is allowed, possible
мозг – brain
молодóй – young
мóлча *(vb adv im* молчáть*)* –
   silently, not saying a word
молчáть *(im)* – to be silent
момéнтально – in a moment,
   instantly
монéта – coin
монтáж – montage
мóрщусь *(pres im* мóрщиться*)* – to
   wince, make a wry face
мрáморный – marble
муж – husband
мужчúна – man, male
мультфúльм – cartoon
мысль – thought
мя́гкий – soft

наблюдáть *(im)* – to observe
навéрное – probably
навернякá – certainly, for sure
наводя́щий *(pres ap* наводúть*)* –
   leading
навсегдá – forever
навстрéчу – toward each other
нагнýвшись *(vb adv pf* нагнýться*)* –
   having bent down
нагрýзка – load
над/надо + i – above, over
надевáть *(im)* – to put on
надéть *(pf)* – to put on

надо = над

на́до – it is necessary

надое́ла *(past pf* надое́сть*)* – to get sick and tired of

нажи́ть *(pf)* – to earn, acquire, gain

нажима́ть *(im)* – to press

называ́емый – called, named

называ́ть *(im)* – to call, to name

называ́ется *(pres im* называ́ться*)* – to be called, named

найдёт *(f pf* найти́*)* – to find

наконе́ц – finally

нале́во – on the left, to the left

нали́ть *(pf)* – to pour

намекну́ть *(pf)* – to hint

нанима́ть *(im)* – to hire

наоборо́т – the wrong way round; on the contrary

напа́ли *(past pf* напа́сть*)* – to attack

напеча́таться *(pf)* – to be published

написа́ть *(pf)* – to write

напомина́ть *(im)* – to remind

направле́ние – direction

напра́во – on the right, to the right

напра́сно – in vain; wrongly

напра́шиваться *(im)* – to beg

наприме́р – for example

наро́дный – the people's; national; folk

насме́шек *(g pl* насме́шка*)* – mockery, ridicule

настрое́ние – mood

нату́ра – nature, temperament

научи́ться *(pf)* – to learn

нача́льный – elementary, beginning, initial

нача́ть *(pf)* – to begin

наш – our

не́бо – sky, heaven

невероя́тный – improbable, unlikely

неве́ста – fiancee, bride

невозмо́жно – it is impossible

неде́льный – weekly

неде́ля – week

недобра́ть *(pf)* – to not take enough; to miss

недово́лен – unsatisfied, dissatisfied

недостаёт *(pres im* недостава́ть*)* – to be missing, lacking

незаме́тно – unnoticeably; inconspicuously

незначи́тельный – insignificant

неизве́стность – uncertainty; ignorance

неизве́стный – unknown, uncertain

неизме́нный – unchangeable, regular

не́которые – some (people)

некраси́вый – ugly

нело́вко – awkwardly

нельзя́ – it is not permitted, it is impossible

неме́цкий – German

немно́го – some, a bit of

ненакра́шенный – unmade-up

необходи́мо – it is absolutely necessary, mandatory

необы́чный – unusual

неожи́данность – surprise, unexpectedness

непра́вильно – incorrectly

неприли́чный – indecent, improper

непринуждённый – unforced; natural, friendly

непроница́ем *(short)* – impenetrable

не́рвничать *(im)* – to be nervous

нерв – nerve

нёс *(past uni* нести́*)* – to carry

несве́тскость – lack of manners, good – breeding

не́сколько – a few, some

несмотря́ на + a – despite

несостоя́тельный – groundless

нетерпели́во – impatiently

неуда́чник – failure, looser

неудо́бно – uncomfortably, inconveniently

неудо́бный – uncomfortable, inconvenient

неужéли – really? is it possible that

неумéстно – inappropriate, out of place

неуспевáемость – poor academic progress

неяркий – dim

неясно – unclear

нúже – lower, shorter, baser

никогдá – never

никудá – to nowhere

ногá – leg, foot

нóрма – norm, standard

норовúть *(im)* – to strive for, aim at

нос – nose

носúть *(mult)* – to carry; wear

ночь – night

нóчью *(i s* ночь*)* – at night

нрáвиться *(im)* – to be pleasing; to like

ну – well, so

нýжен *(short)* – is needed

o/ об + p – about, concerning

обдýмывать *(im)* – to consider, think over

обéд – lunch

обéдать *(im)* – to eat lunch

обещáть *(im)* – to promise

обúдеть *(pf)* – to offend

обúда – offense, insult

обижáться на + a *(im)* – to take offense at; to feel hurt

óбласть – field

обманýть *(pf)* – to deceive

обменять *(pf)* – to exchange

обнарýживать *(im)* – to reveal; to detect, discover

обнарýжить *(pf)* – to reveal; to detect, discover

обнимáть *(im)* – to embrace, hug

обнять *(pf)* – to embrace, hug

обозначáть *(im)* – to mean, designate

оборóна – defense

óбраз – means, image

образовáние – education

обрáтно – back, backwards

обрывáться *(im)* – to tear off, rip off; to tear apart

обходúться *(im)* – to get by without, manage without

общáться *(im)* – to converse with, socialize with

общéние – communication

óбщество – society

объяснúть *(pf)* – to explain

объяснять *(im)* – to explain

обычно – usually

обязáтельно – without fail, by all means

оглянýться *(pf)* – to glance back

огорóд – kitchen garden

огурцы́ *(pl* огурéц*)* – cucumber

одевáться *(im)* – to get dressed

одеколóн – eau de cologne

одúн – one; a certain

одинóчество – loneliness

однáко – however

одновремéнно – simultaneously

óзеро – lake

озя́бший *(past ap* озя́бнуть*)* – frozen, chilled

оказáлось *(past pf* оказáться*)* – it turned out to be

окáзываться *(im)* – to turn out to be

окнó – window

окóнчив *(vb adv pf* окóнчить*)* – having finished, having graduated

окрéпший *(past ap pf* окрéпнуть*)* – having grown stronger

олéней *(g pl* олéнь*)* – reindeer

опáздывать *(im)* – to be late

опоздáть *(pf)* – to be late, miss

опоздáние – tardiness, lateness

опросúть *(pf)* – to question, to quiz

опустúть *(pf)* – to let down, lower

опустúть гóлову *(pf)* – to hang one's head

опущу́ *(f pf* опусти́ть*)* – I will lower, let down

о́пыт – experience, experiment

опя́ть – again

органи́зм – organism, body

орёл – eagle

оригина́льничать *(im)* – to put on an act, to be clever

ослы́шаться *(pf)* – to mishear

осо́бенность – peculiarity, specificity

оста́вить *(pf)* – to leave, abandon

оста́лась *(past pf* оста́ться*)* – to remain, to be left (over)

остально́й – the remaining, rest

остана́вливаться *(im)* – to stop, come to a stop

останови́ться *(pf)* – to stop, come to a stop

остано́вка – a stop

острю́ *(im* остри́ть*)* – to be witty, crack jokes

отбира́я *(vb adv im* отбира́ть*)* – taking away, selecting out

отве́тить *(pf)* – to answer

отве́т – answer

отде́латься *(pf)* – to get rid of, to dump

отделе́ние – division

оте́ц – father

отки́нувшись *(vb adv pf* отки́нуться*)* – having leaned back, having sat back

откли́ка́ться *(im)* – to answer, respond

откли́кнуться *(pf)* – to answer, respond

открове́нно – frankly, openly

открове́нность – frankness, openness

откры́ть *(pf)* – to open

отли́чный – excellent; with от – different from

отложи́ть *(pf)* – to put off, to put aside

отме́тить *(pf)* – to note, to mark

отме́тка – grade, note, mark

относи́ться *(im)* – to relate to

отноше́ние – relation, relationship (to)

отодви́нуться *(pf)* – to move aside

оторва́ть *(pf)* – to tear off

отпира́ть *(im)* – to unlock

отпо́р – rebuff, repulse

отража́ться *(im)* – to reflect

отрыва́ть *(im)* – to tear off, tear away

отры́висто – jerkily, abruptly

отстава́ние – lagging behind

отсу́тствующих *(g pl pres ap* отсу́тствовать*)* – those who are absent

отсю́да – from here

оттого́ – that is why

отходи́ть *(im)* – to step away from

охо́титься *(im)* – to hunt

очеви́дно – obviously

очеви́дны *(short)* – obvious

о́чередь – line

оштрафу́ю *(f pf* оштрафова́ть*)* – I will fine

ощути́ть *(pf)* – to feel, sense

ощуще́ние – feeling, sensation

па́лочка – small stick, wand

пальто́ – coat

па́льцем *(i s* па́лец*)* – finger/toe

па́мять – memory

папиро́са – cigarette with cardboard mouthpiece

пара́граф – paragraph

паралле́льный – parallel

па́рню *(d s* па́рень*)* – guy

па́рня *(g s* па́рень*)* – guy

па́рта – (school) desk

парфюме́рный – perfume, perfumer's

пассажи́р – passenger

пассажи́рский – passenger

па́хнуть *(im)* – to smell

педсове́т (педагоги́ческий сове́т) – teachers' council

пе́ние – singing

пе́рвый – first

переведи́ *(impv pf* перевести́*)* – translate

перевести́ *(pf)* – to translate; lead across, shift

перево́д – translation

переводи́ть *(im)* – to translate, to lead across, shift

перево́дчик – translator

перевожу́ *(pres im* переводи́ть*)* – I translate

пе́ред + i – in front of; before

переда́ча – program, broadcast

пе́редо = перед

переду́мать *(pf)* – to reconsider, change one's mind

перее́хать *(pf)* – to move, change residences

пережида́я *(vb adv im* пережида́ть*)* – waiting through, out

перейти́ *(pf)* – to cross

перекла́дина – cross-bar

переме́на – break, recess

перемеша́ть *(pf)* – to mix (thoroughly)

переплачу́ *(f pf* переплати́ть*)* – I will overpay

переста́ть *(pf)* – to stop, to cease

переста́нет *(f pf* переста́ть*)* – to stop, cease

перестра́иваться *(im)* – to be rebuilt; to revise

переу́лок – lane, alley

переходи́ть *(im)* – to cross

перечисля́ть *(im)* – to list, enumerate

персо́на – person

пе́сня – song

печа́таться *(im)* – to be published

печа́тать *(im)* – to publish

пешко́м – on foot

пижа́мный – pajama

пить *(im)* – to drink

пирожке́ *(p* пирожо́к*)* – pirozhok (a filled pastry)

писа́тель – writer

писа́ть *(im)* – to write

плака́т – poster

плани́ровать *(im)* – to plan

плати́ть *(im)* – to pay

плечо́ – shoulder

пло́хо – poorly

плохо́й – bad, poor

побегу́ *(f pf* побежа́ть*)* – I will run, head out running

побледне́ть *(pf)* – to grow pale

побо́льше – a bit more

побьёт *(f pf* поби́ть*)* – to strike, beat, break

по-ва́шему – in your opinion

повезёт *(f pf* повезти́*)* – to transport; to be lucky

пови́дло – jam

поворо́т – turn

повтори́ть *(pf)* – to repeat

повыша́ть *(pf)* – to increase, raise

поговори́ть *(pf)* – to talk with

погрози́ть *(pf)* – to threaten

погрози́ть па́льцем – to wag one's finger at

под + i – under, below

подави́ться *(pf)* – to chock on

подборо́док – chin

подгото́виться *(pf)* – to get prepared

подде́рживать *(im)* – to support

поджа́в *(vb adv pf* поджа́ть*)* гу́бы – having pursed one's lips

по́длинник – original

подня́ть *(pf)* – to lift, raise

подо́бный – similar, likewise

подожди́ *(impv pf* подожда́ть*)* – wait

подозрева́ть *(im)* – to suspect

подойти́ *(pf)* – to go up to, approach

подошёл *(past pf* подойти*)* – to go up to, approach

подпере́в *(vb adv pf* подпере́ть*)* – having propped up, supported

подсказа́ть *(pf)* – to prompt

подсчи́тывать *(im)* – to reckon, calculate

подтверди́ть *(pf)* – to confirm

поду́мать *(pf)* – to think

подхвати́ться *(pf)* – to get taken up, picked up

подходя́щий – appropriate, suitable

подхожу́ *(pres im* подходи́ть*)* – to approach, go up to

пое́хать *(pf)* – to go

пожа́ть *(pf)* – to press, shake, shrug

пожале́ть *(pf)* – to pity, feel sorry for, to grudge

пожа́луйста – please

позабы́ть *(pf)* – to forget

позва́ть *(pf)* – to call, summon

по́здно – late

поздоро́ваться *(pf)* – to greet

познако́миться *(pf)* – to become acquainted with

поинтере́снее – a bit more interesting

поинтересова́ться *(pf)* – to be curious

пойдём *(f pf* пойти́*)* – to set out, head out

поймёшь *(f pf* поня́ть*)* – you will understand

пока́ – while, when

покажи́ *(impv pf* показа́ть*)* – show, demonstrate

показа́ть *(pf)* – to show, demonstrate

показа́лось *(past pf* показа́ться*)* – it seemed

показа́тель – indicator, statistic

покрасне́ть *(pf)* – to blush

покупа́ть *(im)* – to buy

по́лный – full, complete; fat

полови́на – half

положе́ние – position, situation

поло́женное *(ppp pf* положи́ть*)* – placed; required, proper

положи́ть *(pf)* – to put, place

полти́нник – 50 kopecks

полтора́ – one and a half

получа́лось *(im* получа́ться*)* – it turned out

получи́в *(vb adv pf* получи́ть*)* – having received

получи́лось (pf получи́ться*)* – it turned out

получи́ть *(pf)* – to receive, get, obtain

по́льза – use, benefit

по́льзуюсь *(im* по́льзоваться*)* – to use, employ, take advantage of

по́льский – Polish

помеща́ться *(im)* – to be housed, be located, be placed

помири́ться *(pf)* – to make peace; to make up

помно́гу – (by) a lot, in large quantity

по́мня *(vb adv im* по́мнить*)* – remembering

понесла́ *(past pf* понести́*)* – to carry

понима́ть *(im)* – to understand

поноси́ть *(pf)* – to criticize harshly, revile

понра́виться *(pf)* – to be pleasing to

поня́тно – comprehensibly, clearly, clear

поня́ть *(pf)* – to understand

пообеща́ть *(pf)* – to promise

попада́ть *(im)* – to hit, get to; to get hit, run over

попада́ться *(im)* – to come across, encounter

попадёт *(f pf* попа́сть*)* – to hit, get

попа́сть *(pf)* – to hit, get; to get hit, run over

попра́вить *(pf)* – to fix, amend

по-пре́жнему – as before, as usual

попроси́ть *(pf)* – to request

пор *(g pl* пора́) – time; с тех пор –
  since

по-ра́зному – in different ways

порошки́ *(pl* порошо́к) – powder

портре́т – portrait

портфе́ль – briefcase

поручи́ть *(pf)* – to charge,
  commission

поры́в – rush, upsurge

поры́ться *(pf)* – to dig (in), rummage
  (in)

поря́дке *(p* поря́док) – order

поря́дочный – orderly, decent

посеща́емость – attendance

по́сле + g – after

после́дний – last

послу́шать *(pf)* – to listen, obey

посмотре́ть *(pf)* – to look at

посомнева́вшись *(vb adv pf*
  посомнева́ться) – having doubted

поссо́риться *(pf)* – to quarrel, have a
  falling out (with)

постара́ться *(pf)* – to try

посторо́нний – extraneous, outside

постоя́нно – constantly, continuously

постоя́ть *(pf)* – to stand

посту́ *(p* пост) – post

посу́да – dishes, dishware

потеря́ть *(pf)* – to lose

потолко́м *(i* потоло́к) – ceiling

потоло́к – ceiling

пото́м – then, later

потра́тить *(pf)* – to spend, expend,
  waste

похо́ж *(short)* – resemble, look like

похо́жий – similar, resembling

почему́ – why

почти́ – almost

почу́вствовать *(pf)* – to feel

пошёл *(past pf* пойти́) – to go, head
  out

поэ́тому – therefore

появи́ться *(pf)* – to appear; to seem

прав *(short)* – right, correct

пра́вда – truth

пра́вильно – correct, correctly

пребыва́ть *(im)* – to be, remain, stay

превращу́сь *(f pf* преврати́ться) – to
  turn into

предложе́ние – proposal

предложи́ть *(pf)* – to propose

предме́т – subject

предполага́ть *(im)* – to suppose,
  presuppose

предположи́ть *(pf)* – to suppose

предста́вить *(pf)* – to introduce;
  imagine

представля́ть *(im)* – to introduce;
  imagine

предстоя́щий – upcoming

предупрежда́ть *(im)* – to warn

пре́жде – before, previously

презира́ть *(im)* – to despise

преиму́щество – advantage

прекрати́ть *(pf)* – to cease, stop

прекращу́ *(f pf* прекрати́ть) – I will
  cease, stop

премье́р-мини́стр – prime minister

пренебрежи́тельно – scornfully,
  disdainfully

преподава́ть *(im)* – to teach

прибива́ть *(im)* – to nail, affix with
  nails

приве́тливее – more warmly,
  friendlier

привы́к *(past pf* привы́кнуть) – to
  get used to, accustomed to

приглаша́ть *(im)* – to invite

пригота́вливать *(im)* – to prepare,
  fix, cook

пригото́вить *(pf)* – to prepare, fix,
  cook

придётся *(f pf* прийти́сь) – it will be
  necessary; X will be forced to

приду́ *(f pf* прийти́) – to come, arrive

приду́мать *(pf)* – to think up

прие́мник – (radio) receiver

прижа́ть *(pf)* – to press, to pull to; to draw to

прижа́ться *(pf)* – to press against, cuddle up to

при́званы *(sf ppp pf* призва́ть*)* – called upon, summoned

при́знак – sign, quality

прийти́ *(pf)* – to come, arrive

прики́дывая *(vb adv im* прики́дывать*)* – estimating, weighing

прикреплён *(sf ppp pf* прикрепи́ть*)* – fastened, affixed

прили́чие – decency

примене́ние – use, application

примити́вный – primitive

принёс *(past pf* принести́*)* – to bring, carry to

принима́ться *(im)* – to undertake; to get down to, to start

при́нцип – principle

приня́ть *(pf)* – to receive, take, accept

приня́ться *(pf)* – to undertake; to get down to; to start

припомина́ть *(im)* – to remember, recall

прихвати́в *(vb adv pf* прихвати́ть*)* – having taken up, having snatched up

приходи́ть *(im)* – to arrive, to come

приходи́лось *(past im* приходи́ться*)* – it was necessary; X was forced to

прихожу́ *(im* приходи́ть*)* – to arrive, to come

пришёл *(past pf* прийти́*)* – to arrive, to come

пришло́сь *(past pf* прийти́сь*)* – it was necessary; X was forced to

прия́тно – pleasant(ly)

про + a – about

проверя́й *(impv im* проверя́ть*)* – to check up, verify

про́вод – wire

проговори́ть *(pf)* – to pronounce, to say

програ́мма – program (various senses)

продавщи́ца – sales woman

продаёт *(pres im* продава́ть*)* – to sell

продемонстри́ровать *(pf)* – to show, display

продлённый – extended, lengthened

продолжа́ть *(im)* – to continue

прое́зд – passage, journey

прожи́ть *(pf)* – to live (through); survive

про́игрывать *(im)* – to lose

произвести́ *(pf)* – to make, produce

произноси́ть *(im)* – to pronounce, utter

произноше́ние – pronunciation

происхожде́ние – origin

пройти́ *(pf)* – to go through, by

пройти́сь *(pf)* – to stroll, walk up and down

пролете́ть *(pf)* – to fly through, by

проло́мленный *(ppp* проломи́ть*)* – broken, fractured, smashed

промолча́ть *(pf)* – to be silent

промы́тый *(ppp* промы́ть*)* – washed well

проникнове́нно – heartfeltly

пропи́ска – residence permit; registration

просиде́ть *(pf)* – to sit through

проси́ть *(im)* – to ask, request

просну́ться *(pf)* – to wake up

проспа́ть *(pf)* – to oversleep

прост *(short* просто́й*)* – simple

проста́влено *(sf ppp pf* проста́вить*)* – put down in writing, listed; staked up

прости́те *(impv pf* прости́ть*)* – Excuse me!

про́сто – simply

просто́й – simple

простра́нство – space

простыня́ – (bed) sheet
про́тив + g – against, opposite
противополо́жный – opposite
протя́гивая *(vb adv im* протя́гивать*)*
  – extending, stretching, handing
  over
протяну́ть *(pf)* – to extend, stretch
  out, hand over
профе́ссорский – professorial
проходи́ть *(im)* – to go by, through
проце́нт – percent
прочита́ть *(pf)* – to read
прошла́ *(past pf* пройти́*)* – to go by,
  through
проявле́ние – demonstration
проявлю́ *(f pf* прояви́ть*)* – to show,
  demonstrate
пря́мо – straight, directly
пря́чет *(pres im* пря́тать*)* – to hide
пря́чу *(pres im* пря́тать*)* – to hide
пти́ца – bird
пу́блика – the public
пуст *(short)* – empty
пусты́нно – deserted
пусть – Let…/ May… Have …
пу́тать *(im)* – to confuse, mix up
пята́к – 5-kopeck piece
пятикопе́ечный – 5-kopeck
пятно́ – spot, circle
пя́тый – fifth

рабо́та – work
рабо́тать *(im)* – to work
рабо́чие *(pl* рабо́чий*)* – worker
равно́ – equally; всё равно́ – all the
  same; it makes no difference
равня́ться *(im)* – to be equal to
ра́дость – joy, gladness
ра́дуга – rainbow
ра́ды *(pl short)* – glad, happy
раз – time; once
разверну́ть *(pf)* – to unfold, unroll;
  to turn
развива́ться *(im)* – to develop

развлече́ние – entertainment,
  amusement
развора́чивать *(im)* – to unfold,
  unroll; to turn
разгова́ривать *(im)* – to chat, talk
разгово́р – conversation
раздева́лка – coat room
раздева́ться *(im)* – to undress, take
  off clothes
разде́ться *(pf)* – to undress, take off
  clothes
раздража́ть *(im)* – to irritate, annoy
разлива́я *(vb adv im* разлива́ть*)* – to
  spill, pour out
разложи́ть *(pf)* – to put away, to
  distribute
размазня́ – wishy-washy person
ра́зный – various
разогна́ться *(pf)* – to gather speed
разольёшь *(f pf* разли́ть*)* – you will
  pour out, spill
разреше́ние – permission
разы́грывать *(im)* – to play with, to
  play a joke on
райо́н – neighborhood, district of city
ра́но – early
ра́ньше – earlier
раскрыва́ться *(im)* – to open up,
  become uncovered
раскры́ть *(pf)* – to open, reveal,
  expose
раскры́ться *(pf)* – to open up,
  become uncovered
распределя́ть *(im)* – to assign, give
  out
рассказа́ть *(pf)* – to tell, narrate
расска́з – story
рассмея́ться *(pf)* – to burst out
  laughing
растеря́ться *(pf)* – to get lost, lose
  one's head
расте́рянно – confusedly, perplexed
растро́ганный *(ppp pf* растро́гать*)* –
  moved, touched

рвут *(pres im* рвать*)* – to tear; to snatch away

ребёнок – child

ре́дкий – rare

ре́дко – rarely

ре́жет *(pres im* ре́зать*)* – to cut, slice

реко́рд – record

рестора́н – restaurant

реце́пт – recipe

реши́ть *(pf)* – to decide

рисова́ть *(im)* – to draw

рису́нка *(g* рису́нок*)* – drawing

ро́бко – fearfully, timidly, hesitantly

ровно́ – evenly

роди́тели – parents

ро́дственник – relative

роль – role

роя́ль – (grand) piano

рубль – ruble

рука́ – hand, arm

ру́сский – Russian

ры́нка *(g* ры́нок*)* – market

ря́дом – nearby

сади́сь *(impv im* сади́ться*)* – sit down!

сайга́к – saiga, antelope

сам (сама́, са́ми*)* – ...self

самолёт – airplane

самоуве́ренна *(short)* – self – confident

сбо́ры *(pl)* – collections

сведённые *(ppp pf* свести́*)* – brought together; knitted

све́рить *(pf)* – to check, check with/against

свернёт *(f pf* сверну́ть*)* – to roll up; to turn

сверну́та *(sf ppp pf* сверну́ть*)* – wrapped up

сверну́ть *(pf)* – to roll up; to turn

свет – light

светлозелёный – light green

све́тский – genteel, refined

свида́ние – meeting, date

свобо́ден *(short)* – free, available

сде́лать *(pf)* – to do, make

сде́рживая *(vb adv im* сде́рживать*)* – holding back, suppressing

сего́дня – today

сего́дняшний – today's

сейча́с – right now

секре́т – secret

се́ли *(past pf* сесть*)* – to sit down

семе́й *(g pl* семья́*)* – family

семе́йный – familial

семья́ – family

середи́на – middle

серьёзно – seriously

сесть *(pf)* – to sit down

сиде́ть *(im)* – to be sitting

сильне́е – stronger

си́ний – dark blue

ска́жет *(f pf* сказа́ть*)* – to say

ска́зано *(sf ppp pf* сказа́ть*)* – it is said

сказа́ть *(pf)* – to say, tell

сквозь + а – through

ски́нув *(vb adv pf* ски́нуть*)* – having thrown off, having pushed off

ско́лько – how much, how many

скоре́е – sooner, faster

ско́рость – speed

ско́рчить *(pf)* – to grimace, make faces

скоти́на – beast, bore

скуча́ть *(im)* – to be bored; to miss

ску́чный – boring, dull

слабе́е – weaker

следи́ть *(im)* – to follow

сле́дующий – next, following one

слез *(past pf* слезть*)* – to climb down

слеза́ть *(im)* – to climb down

слёзет *(f pf* слезть*)* – to climb down

слезь *(impv pf* слезть*)* – climb down!

сли́шком – too, excessively

сло́во – word

сло́жно – complicated, difficult

сло́жный – complex

слу́жат *(pres im* служи́ть*)* – to serve

слу́жащие *(pl* слу́жащий*)* – office worker

слу́жба – service, duty, work

служи́ть *(im)* – to serve, to work

слу́чай – chance, occasion, case

случа́йно – by chance

слу́шать *(im)* – to listen to

слы́шать *(im)* – to hear

слы́шно – it is audible

сля́коть – slush

смеётся *(pres im* смея́ться*)* – to laugh

сменю́ *(f pf* смени́ть*)* – to change, exchange, substitute

смешно́й – funny, humourous

смею́тся *(pres im* смея́ться*)* – to laugh

смог *(past pf* смочь*)* – to be able

смотре́ть *(im)* – to look at

смотри́ *(impv im* смотре́ть*)* – look at!

смути́ться *(pf)* – to be embarrassed, be confused

смысл – sense, meaning

снача́ла – at first

сне *(p* сон*)* – sleep, dream

снима́ться *(im)* – to be filmed, photographed; to be rented

сно́ва – once again

снять *(pf)* – to take off; to photograph, to film; to rent; to pick up (the phone receiver)

собира́ться *(im)* – to gather together; to intend to, to be going to

собира́ть *(im)* – to gather, collect

соблюда́й *(impv im* соблюда́ть*)* – to keep to; to observe; maintain

соблюсти́ *(pf)* – to keep to; to observe

собра́ться *(pf)* – to gather together; to intend to; to be going to

со́бственный – (one's) own, proper

совме́стный – joint, combined

совреме́нный – contemporary, modern

соврёшь *(f pf* совра́ть*)* – to lie, tell a falsehood

совсе́м – completely, entirely

согласи́ться *(pf)* – to agree (with)

согла́сные *(pl* согла́сный [звук]*)* – consonant

содержа́тельный – weighty, contentful

созна́ться *(pf)* – to confess

созна́тельность – awareness, intelligence, consciousness

сойти́ *(pf)* – to come down

сойти́ с ума́ *(pf)* – to go crazy

соль – salt

сон – sleep, dream

соображе́ние – consideration, thought, reason

соотве́тствует *(pres im* соотве́тствовать*)* – to correspond

сопротивле́ние – resistance

сосе́д *(mas)* – neighbor

сосе́дка *(fem)* – neighbor

соси́ска – hot dog

соску́читься *(pf)* – to be bored; to miss

сосчита́ть *(pf)* – to count

сошёл *(past pf* сойти́*)* – to come down, get off; сойти́ с ума́ – to go crazy

спать *(im)* – to sleep

спекта́кль – show, performance

спел *(past pf* спеть*)* – to sing

спе́лый – ripe

специа́льность – specialty, profession

спина́ – back

спи́ске *(p* спи́сок*)* – list

спи́сочек – small list

споко́йно – calmly, quietly

спорти́вный – sports

спосо́бность – ability, talent

спосо́бный – capable, gifted
спра́шивать *(im)* – to ask
спроси́ть *(pf)* – to ask
спряга́емый (pres pp спрягать) – conjugated
сра́зу – immediately, at once
сре́дний – middle, medium; average
ссо́риться *(im)* – to quarrel; have a falling out with
ссо́ра – a falling out with
станови́ться *(im)* – to become
ста́ну *(f pf* стать*)* – I will become; begin
стара́тельно – diligently, assiduously
стара́ться *(im)* – to try
стари́к – old man
стать *(pf)* – to become; to begin to
стена́ – wall
сте́нка – wall; шве́дская сте́нка – climbing bars
степь – steppe
стесня́ться *(im)* – to hesitate; to be ashamed to
стихи́ – verses
сто́ит *(pres im* сто́ить*)* – it costs
сто́ит *(pres im* стоя́ть*)* – it stands
стол – table
сто́лик – small table
столо́вая – cafeteria
сто́рож – watchman
сторона́ – side, direction
стоя́ть *(im)* – to stand
стра́нно – strange(ly)
стра́нность – strangeness; eccentricity
стре́лочка – little arrow
стро́го – strictly, sternly
стул – chair
сты́дно – ashamed
стыжу́сь *(pres im* стыди́ться*)* – to be ashamed
стяну́ть *(pf)* – to pull down
су́нуть *(pf)* – to shove; stick in, put in
суп – soup

существу́ют *(pres im* существова́ть*)* – to exist
су́щность – essence
сфинкс – sphynx
сцена́рий – scenario
сча́стье – happiness, luck
счёт – score, count
счита́ть *(im)* – to count, consider
сшить *(pf)* – to sew
съеда́ет *(pres im* съеда́ть*)* – to eat up
съел *(past pf* съесть*)* – to eat up
сы́рник – cheese pancake

табли́чка – tablet, sign
так – so
та́кже – also
тако́й – such
такт – tact
тала́нтливее – more talented
там – there
таре́лка – plate
текст – text
телеви́зор – television
телефо́н – telephon
те́ма – theme, topic
те́нор – tenor
тепе́решний – current, now, nowadays
тепе́рь – now
тёплый – warm
ти́хий – quiet
ти́хо – quietly
тогда́ – then
то́же – also
толк – sense, understanding
то́лько – only
то́нкий – thin, delicate
тон – tone
торопи́ться *(im)* – to rush, to hurry
торопли́во – hurriedly
торопя́сь *(vb adv im* торопи́ться*)* – hurrying
тот – that

то́чно – precisely

тошни́т *(pres im* тошни́ть*)* – to be nauseous, feel sick

тре́бую *(pres im* тре́бовать*)* – to demand

тре́тий – third

тролле́йбус – trolleybus

тролле́йбусный – trolleybus

тру́бка – pipe; (telephone) receiver

тру́дность – difficulty

трусы́ – (under)shorts

туда́ – there

тю́бик – tube

тяжело́ – heavy, painful, difficult

тя́нут *(im* тяну́ть*)* – to pull, draw, hold out

убира́ть *(im)* – to tidy up, clean, clear

уважа́ть *(im)* – to respect, esteem

уве́рена *(short)* – certain, sure

уви́дев *(vb adv pf* уви́деть*)* – having seen

уви́жу *(f pf* уви́деть*)* – I will see

углево́д – carbohydrate

угова́ривать *(im)* – to talk into

угрю́мо – gloomily

удиви́тельно – surprisingly

удивле́ние – surprise

удо́бно – comfortable, convenient

удово́льствие – pleasure

уже́ – already

у́зкий – narrow

узна́ть *(pf)* – to find out, to learn

уйду́ *(f pf* уйти́*)* – to go away, leave

укори́зненно – reproachfully

улете́ть *(pf)* – to fly away

у́лица – street

улыбну́ться *(pf)* – to smile

ультима́тум – ultimatum

ум – mind, wits, intellect

уме́ю *(pres im* уметь*)* – to know how

у́мный – clever, wise

упа́л *(past pf* упа́сть*)* – to fall

уро́к – lesson

уса́живать *(im)* – to seat, make sit down

усло́вие – condition

услы́шать *(pf)* – to hear

успева́емость – progress, academic success

успе́ть *(pf)* – to have time to, to manage, to succeed

успе́х – success

у́тро – morning

у́хо – ear

ухитря́ться *(im)* – to contrive to, manage to

ухо́д – going away, departure; resignation

уходи́ть *(im)* – to go away, leave, depart

уча́ствует *(pres im* участвовать*)* – to participate

уче́бник – textbook

учени́к – pupil, (school) student

учи́тель *(mas)* – teacher

учи́тельница *(fem)* – teacher

учи́тельская – teacher's (room, lounge)

учи́ть *(im)* – to teach; to learn

учи́ться *(im)* – to study

ушёл *(past pf* уйти́*)* – to go away, leave

фами́лия – last name, surname

фамилья́рно – familiarly

фар *(g pl* фа́ра*)* – headlight

фи́зика – physics

физкульту́ра – physical education

фильм – film

фо́рма – form

фра́за – phrase

францу́з – Frenchman

францу́зский – French

халту́рить *(im)* – to do poor/sloppy work; to do hack – work; to do schlocky work

хам – boor, lout
ха́ять *(im)* – to play down, criticize harshly
хвата́ть *(im)* – to snatch, seize; (as impersonal: it is enough, be sufficient, suffice)
хвост – tail
хлеб – bread
ход – movement, move
ходи́ть *(mult)* – to go, make trips
хозя́ин – master, landlord, owner; host
хоро́ший – good
хорошо́ – well
хоте́ть *(im)* – to want
хоте́лось *(past im* хоте́ться*)* – felt like
хотя́ – although
хрусте́ть *(im)* – to crunch, crackle
худо́жественный – artistic
худо́й – thin, skinny
ху́же – worse

цветы́ – flowers
цель – goal, target
це́лый – a whole
центр – downtown

час – hour
ча́стный – private
ча́сто – frequently, often
часы́ – clock, watch
ча́шка – cup
ча́ще – more frequently
челове́к – person, man
челове́ческий – human, humane
через + a – in, across, through
чёрный – black
черни́льница – ink well
чернота́ – darkness, blackness
черти́ть *(im)* – to sketch, draw, draft
че́стно – honestly
честь – honor

че́тверо – four
четвёртый – fourth
четы́ре – four
чини́ть *(im)* – to fix, repair
чи́стить *(im)* – to clean, polish, brush
чи́стый – clean
чита́ть *(im)* – to read; to recite
чу́вство – feeling
чу́вствовать *(im)* – to feel
чуть – a bit, a little

шаг – step
шве́дский – Swedish
шевели́ть *(im)* – to stir, move, budge
шевеля́ *(vb adv im* шевели́ть*)* – stirring, moving
ше́я – neck
шко́ла – school
шко́льный – school
шла *(past im* идти́*)* – to go
шлёпнуться *(pf)* – to fall with a thud, plop down
штаны́ *(pl)* – pants
штраф – fine
шу́тка – joke

щека́ – cheek
щёлкнуть *(pf)* – to click, snap, pop

электри́ческий – electric
энерги́чно – energetically
энерги́чный – energetic
эта́ж – floor
эта́п – stage, phase
этике́т – etiquette

явля́ться *(im)* – to be, serve as; appear
я́вно – explicitly, overtly, clearly
я́года – berry
я́зва – ulcer
язы́к – tongue, language
я́сно – clear(ly)